ヴィクトル=ユゴー

Ce livre est une étape importante dans une oeuvre admirable de commentation et de traduction, consacrée en grande partie à Victor Hugo. Il retrace avec précision l'évolution patiente et scrupuleuse qui amènera Hugo, au temps de l'exil, à des positions qu'il tiendra jusqu'à sa mort, c'est faire, comme le poète l'a dit à propos de sa mère, „l'histoire d'une conscience honnête". MM. Tsuji et Maruoka considèrent avec raison les „contradictions" qu'on a souvent reprochées à Hugo, y voyant plutôt l'approfondissement des antinomies que rencontre quiconque veut penser la totalité du réel. Ils insistent avec raison sur l'importance du principe de liberté: il consiste en fait à épouser le mouvement de la vie, qui crée les formes et dépasse les oppositions: „L'homme veut être eau courante. Chose merveilleuse, la liberté, c'est la santé. Un ruissellement, un murmure, une pente, un parcours, un but, une volute, pas de vie sans cela. Sinon une prompte putréfaction."

MM. Tsuji et Maruoka font apparaître pour Hugo ce qui était déjà admis pour Lucrèce, ou Hölderlin, ou Rilke, à savoir que les poètes peuvent être des philosophes.

ヴィクトル＝ユゴー

●人と思想

辻　　昶
丸岡 高弘　著

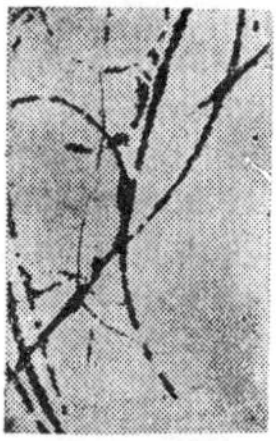

68

CenturyBooks　清水書院

推薦の辞

辻氏は文学紹介者、翻訳家としてその努力の多くをヴィクトル＝ユゴーに注ぎこんでこられたが、本書は氏のみごとな全業績の中で、一つの重要な段階をなすものである。本書は、ユゴーの忍耐強くて良心的な精神の進化の跡を正確に描き、そうした進化の結果、ユゴーが亡命時代に、その後彼が死に至る迄もち続けることになる立場に到達したことを示している。つまり本書は、詩人が自分の母親について語ったことばを借りていえば、「一つの誠実な良心の歴史」を描こうとしているのである。ユゴーは「矛盾した思想」をもっていると批判されることが多い。しかし、辻、丸岡両氏はそうした彼の矛盾を真剣に考察し、そしてその中に矛盾というよりはむしろ、現実の総体を考えようとする者なら誰でもが出会わざるをえないような、深遠な二律背反《アンチノミー》があるとみているのである。本書の著者は、ユゴーにおける「自由の原理」の重要性を強調しているが、これは正しい見解である。実際、「自由の原理」とは、いろいろな形式を創造し、数々の対立を乗りこえてゆく生命の運動をわが物とすることなのである。「人間は流れゆく水になろうとする。そして、すばらしいことに、自由とは健康に他ならないのである。水の流れ、せせらぎ、早瀬、河筋、目的、意志、こうしたものなしには生命はあり得ない。すべてはすぐさま腐りはててしまうのである。」(『ウィリアム・シェイクスピア』の拾遺集)

辻、丸岡両氏はルクレーティウスやヘルダーリーンやリルケに関してすでに広く認められている事実、——つまり、詩人はまた同時に哲学者であり得る、ということを、ユゴーについても明らかにしたのである。

ルネ＝ジュールネ

(原文は口絵の二ページに掲載)

まえがき

ヴィクトル＝ユゴーといえば、わが国では、『レ・ミゼラブル』の小説家としていちばんよく知られていると思う。『レ・ミゼラブル』は、古くは黒岩涙香の翻案『噫無情』以来わが国でさかんに読まれるようになり、最近では数種類の完訳も公けにされている。

しかし、本書を読まれればおわかりのように、ユゴーはフランス本国では、むしろ一九世紀の大詩人としていちばん高く評価されているのである。またユゴーの思想には、単に『レ・ミゼラブル』に特徴的に表現されているような、社会的・人道主義的なものばかりではなく、宗教的・神秘的な点も色濃く認められるのである。社会的・人道主義的なユゴーの影響はその後ロマン＝ロランなどに受け継がれ、神秘的な影響はシュールレアリスムなどの詩人に継承されている。その他ユゴーには、行動的な政治家としての面も十分に認められるし、また、芸術至上主義のチャンピオンとしての側面もうかがうことができる。要するにユゴーは、きわめて多面的な才能に恵まれた人間だったのである。

こうしたユゴーを私は、この詩人を最初に知ったときには十分に理解してはいなかった。ユゴーに私が関心をもつようになったのは、彼の小説『ノートル＝ダム・ド・パリ』を一九五〇年に松下和則氏と共訳したときからである。それまでボードレールにひかれていた私は、この、ボードレールとは性格の違った作家ユゴーのもつ凄まじい気魄《きはく》と、万象を描き尽くす才能に強く打たれたのである。この翻訳が世に出たとき、故渡辺一夫先生は松下氏と私に、ユゴーを挟撃占拠するように希望された。私はこの渡辺先生のお言葉に刺激されて、ユゴー研究を思いたったように思う。

しかし、厖大な作品群に辟易《へきえき》して、私は何度も絶望に陥らざるをえなかった。その後現在まで私は『東方詩集』『レ・ミゼラブル』『九十三年』『秋の木の葉』(抄)などの作品を翻訳してきた。また一九六一年には、河盛好蔵先生からお薦めいただいたアンドレ＝モロワの『オランピオ、またはヴィクトル・ユゴーの生涯』を、今は亡き横山正二氏と訳出して、ユゴーの私生活面に目を開くことができた。ユゴーの私生活は、本書をお読みいただければおわかりと思うが、波瀾万丈と言ってもさしつかえないものであり、読者諸兄もおもしろく読んでくださると思う。

私のユゴー研究に大きな時期を画したのは、一九六四年から六五年にかけてのフランス滞在である。私はこの滞在中にパリ大学教官ルネ＝ジュールネ先生の御指導を受けることができて、この大詩人についていろいろ学ぶところが多かった。今回はこの小著に対し、先生は御親切にも推薦の辞をお書きくださった。共著者の丸岡君とともに、この世界的なユゴー研究家の御厚情に心から感謝申しあげる次第である。先生から伺った中でいちばん大きな感銘をうけた点、それはユゴーが死後の世界の存在を確実に信じていたということである。これは、我々不信心者にはなかなか理解できないことである。だが、先生からお教えいただいたこの事実によって私は、ユゴーの作品に現れた神秘思想や、この詩人が一九年間の亡命生活を楽観的、精力的に、ねばり強く耐えた次第を、はっきり理解することができた。

フランス滞在中に、私はこれまで出版されたユゴー関係の書籍をかなり丹念に集めたが、この小著も、私が先年、潮出版社から刊行した『ヴィクトル・ユゴーの生涯』と同じように、そういう書物を参考にしながら、なるべく実証的に書いたつもりである。また滞仏中に、私はユゴー亡命の地ジャージー、ガーンジー両島を訪れ、ガーンジー島では数々の傑作が書かれたオートヴィル－ハウスを直接目にする機会に恵まれた。こうしたフランス滞在の思い出は、私の脳裡に今でも楽しいイメージとなって残っている。

二〇〇ページほどの小冊子であるが、私たちは本書の中に、今まで日本の読者にはあまり知られていなかったユゴーの日常生活や人間性や思想を、できるだけわかりやすく紹介しようと努めた。なお、ユゴーの生涯や思想については、本書の中で一応述べたつもりだが、彼の死後彼が受けた評価や、今日のユゴー研究の状態などを、この機会を借りて次に少しばかり述べ、読者の御参考に供したいと思う。

本文にも述べたとおり、ユゴーは一八八五年五月二二日、国民的大詩人として絶大な栄光に包まれたまま世を去った。また、一九〇二年の生誕一〇〇年祭も、二月二六日から五日間にわたって盛大に行われた。自由と祖国愛をうたうユゴーの親しみぶかい数々の詩編は、フランス国民から愛誦され、深い人類愛を説いた小説『レ・ミゼラブル』は、広く民衆によって愛読された。また、ユゴーが開拓した数々の詩的技巧は、ボードレールやランボーなどの詩人に強い影響を与えた。

しかし、ユゴーの死後、彼に対して好意的な批評ばかりが続いたわけではなかった。彼の生前からすでに、ゾラなどの自然主義者や、詩の方面では象徴派詩人などが、各々の文学的立場から、このロマン派最大の詩人に対して攻撃を加えた。彼らは、ユゴーのロマン的な誇張や過度な感情表現を批判した。こうして、とりわけ若い世代の文学者のあいだでは、ユゴーの絶大な国民的人気にもかかわらず、彼よりもボードレールやヴェルレーヌやマラルメなどの詩人の名声が徐々に高まっていった。こうしたユゴーに対する評価を最も象徴的に示しているのが、アンドレ＝ジッドの有名な言葉である。ジッドは一九〇二年、《エルミタージュ》誌の「あなたのいちばん好きな詩人は誰ですか？」というアンケートに答えて、「残念ながらユゴーです！」と述べたといわれている。ユゴーのもつ多彩な才能の魅力は抗い難いものである。ジッドのこの言葉には、魅惑されながらも、そうした魅力にあえて抵抗して新しい文学を創造しようと努めた若い文学者の苦渋が表れているのではないだろうか？

しかし、やがてフランス文学が新しい展開を見せるとともに、ユゴーの文学に対しても、新しい評価がなされるようになる。一九二四年以降シュールレアリスムが勃興するにつれて、さまざまな批評家がユゴーの作品の中にシュールレアリスム的な発想が認められるということを指摘して、新しいアプローチを試みるようになったのである。一九三七年には、アルベール＝ベガンが『ロマン的魂と夢』を出版し、ボードレールの『悪の華』（一八五七）とネルヴァルの『オーレリヤ』（一八五五）、そしてユゴーの『諸世紀の伝説』などの神話的作品群を並べて、これらがフランス近代詩誕生の源であると述べている。こうした先駆的な批評家の活動に刺激されて、これ以後も多くの批評家が、ユゴーの作品における「想像力」の働きに注目した研究を発表している。ピエール＝アルブーイの『ヴィクトル・ユゴーにおける神話的創造』（一九六三）などは、この分野では頂点に位置する研究と断言してさしつかえないであろう。

近年、アカデミズムの分野でも、またいわゆる文壇においても、ユゴー研究はなかなか活発である。パリ大学でもユゴーを扱った博士論文は盛んに発表され、ユゴーの作品や彼の周囲の状況についての実証的研究は、かなり詳細に行われるようになっている。また、ヌーヴェル－クリチックの批評家がユゴーの作品を俎上《そじよう》にのせることも頻繁に行われており、ジョルジュ＝プーレやリシャールも、その著作でとくに一章を設けてユゴーを論じている。これはユゴーがけっして過去の詩人ではなく、常に現代人の新しい関心をひいていることを物語るものであろう。

このようにフランスでは、ユゴーの想像力や幻想に対する研究が盛んであるが、我々現代に生きるものにとって、ユゴーはそれと同様に、あるいはそれ以上に重要な問題を提起しているように思われる。

わが国は、いやわが国のみならず世界は、現在いろいろな問題や危機に直面している。原子力利用の問題、遺伝子工学の問題。……こうした科学の進歩をどのように処理するかという難問が、我我に緊急なテーマとして課されているのである。ユゴーの思想の中には、科学の進歩に対する楽観的な見方とか、あるいは人間の善性に対する大きな期待とか、現在の我々にはそのままでは受け入れ難いものがいくつか認められる。しかし、こうした問題を扱うときのユゴーの命がけの誠実な態度は我々を感激させ、我々に大きな示唆を与えてくれる。ともすれば感傷的で、もろい絶望感に陥りがちな日本の知識人に対して、ユゴーの巨大で執拗な良心の発現と、悪に対する抵抗の姿勢は、我々を鼓舞し、人類に対する希望の灯をいつも我々の胸に点じてくれるのである。

世紀の初頭から第三共和政に至る一九世紀の各時代を生きぬき、ときに誤った判断や感覚に陥ることもあったが、すぐその時代の良心に応じて自己を正し、時代の先導者となった彼の強大な精神力には、深い敬意を覚えるのである。こうした意味で、若い読者諸兄がユゴーの作品に時折は触れられることを心から望んでいる。

この小著の作成については、同学の若い研究者、丸岡高弘君の協力に負うところが多い。丸岡君はフランス政府給費留学生として今秋フランスに向かって出発し、研鑽を積もうとしている。新しいユゴー研究の火が同君の手によってわが国にもたらされることを期待している。

なお、本書中の歴史的記述については、電気通信大学教授山上正太郎氏に校閲をお願いし、古典主義とロマン主義の関係については、中央大学教授鈴木康司氏にいろいろお教えいただいた。ここに記して厚く御礼申しあげたい。また、本書を作る機会を与えてくださった小牧治氏に深く感謝申しあげる次第である。

一九八一年五月

辻　昶

目次

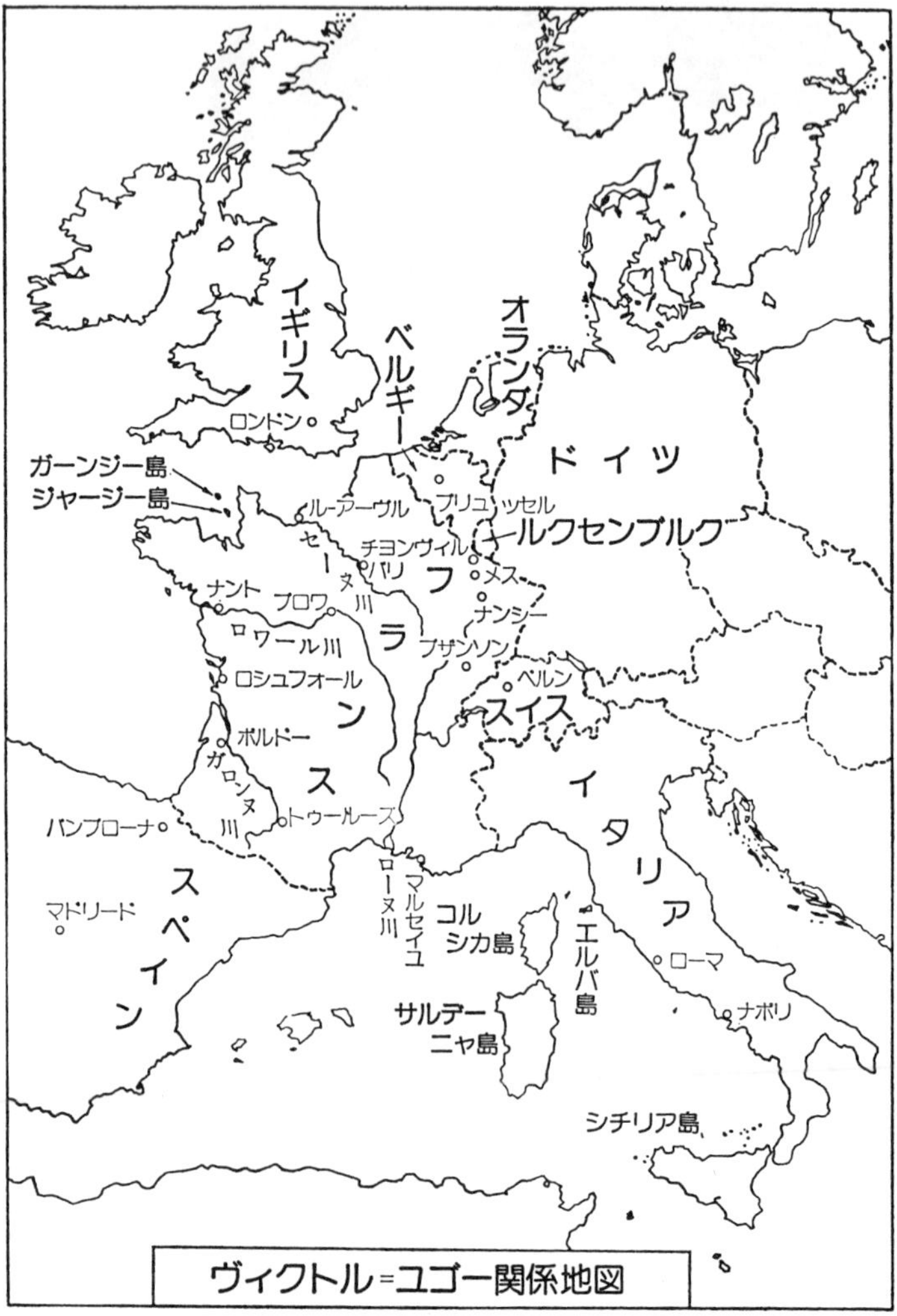

ヴィクトル＝ユゴー関係地図

I ヴィクトル＝ユゴーの生涯

一、砲声と軍馬の蹄の音のさなかに

フランス革命と祖国防衛戦争　フランスの生んだ屈指の大詩人ヴィクトル－マリー＝ユゴーは、一八〇二年二月二六日、フランス東部の町ブザンソンで生まれた。この詩人の伝記に入るまえに我々はまず、彼が生まれた当時のフランスがどのような政治的・社会的状況にあったかを見ておくことにしよう。

一七八九年に勃発したフランス革命が、フランス史のなかで、また世界史のなかで、どれだけ重要な大事件であったかは、みなさんも御存じであろう。この革命によってブールボン王朝は倒れ、フランスには第一共和政が成立した。議会では、ダントン、マラ、ロベスピエールなどの革命の巨人たちが、それぞれの思想を高く掲げていた。そしてこの革命は、実際に多くの社会的改革を実現したのである。こうした革命の理想はのちの世代の人びとにも受けつがれ、フランス革命は近代の民主主義的市民社会を成立させる夜明けの役割を果たしたのである。しかしやがて、革命は混乱に陥っていった。議会の舌戦にあきたらなくなった人びとは、自分の主張を押しとおすことに性急なあまり、テロルやクーデターに訴えるようになったのである。政変が頻繁に繰りかえされ、政争に敗れた人びとは断頭台に送りこまれた。「自由、平等、博愛」という革命のスローガンは忘れさられた。いや、あるいはユゴーの言葉を借りてこう言ったほうがいいかも知れない――「自由、平等、博愛」のスローガンに、「しからずんば死を選べ」という言葉が付け加えられた、と。

一方、ヨーロッパの他の封建諸国家も、フランス革命に恐れを抱きはじめた。彼らにとってそれは、フランスの一王家の没落というだけの問題ではなかった。彼らは、自分たちを支える社会制度そのものが、革命の断頭台の刃の下にさらされているのを予感したのである。もはや封建国家どうしが、けちな領土紛争にうつつをぬかしているときではなかった。フランス共和国を圧殺し、革命の蔓延《まんえん》を防ぐ――そのためにヨーロッパの封建諸国家は同盟を結び、軍隊を派遣してフランスを攻撃した。

こうした軍事的危機のなかで、フランスのナショナリズムは高揚する。祖国の防衛のために各地に派遣された革命軍は、初期の軍事的劣勢を次第に克服する。

皇帝ナポレオン

この祖国防衛戦のなかで勲功をたて、頭角をあらわしてきたのがナポレオン＝ボナパルトであった。やがて、諸党派の対立のなかで八方ふさがりになったフランスを指導することができる最後の人物として、ナポレオンは国民の期待を一身に集めるようになる。そうした国民的人気を背景にして、一七九九年、彼はクーデターをおこして事実上の独裁制を樹立、一八〇四年には人民投票によって皇帝となったのである。

皇帝となったナポレオンは、国内的には左右両翼の二つの敵対勢力をもっていた。革命時代に断頭台にかけられたルイ一六世には、プロヴァンス伯（後のルイ一八世）という弟がいたが、彼はイギリスに亡命し、王位継承者として、フランス国内に残った王党派のさまざまな策謀を陰で操っていた。ナポレオンは、そうした王党派の人びとから、「王位簒奪者《さんだつしゃ》」として忌み嫌われていたのである。

しかしナポレオンは、「王位簒奪者」というより、むしろ革命の「簒奪者」ではなかっただろうか？　革命の巨人たちによって掲げられたフランス共和国の理想――ナポレオンはそれを、彼の剣と、剣によって支えられた帝座によって汚したのではなかったか？　こうしてナポレオンは、王党派の反対側に、もう一つの敵対勢力をもつことになる。革命を経験したフランスにおいては、もはやどんな人間が王座についても、いつ自分の地位を失うか不安を感じずにはいられなかった。したがってナポレオンは革命勢力を、さらに自由主義勢力を弾圧したのである。

しかし、国外ではナポレオンの軍隊は連戦連勝を収めていた。ドイツ、イタリア、スペイン、こうした国々がナポレオンの膝下にひざまずき、彼の軍隊はヨーロッパ全土を駆けめぐっていた。ヨーロッパの盟主としてナポレオンは意のままに、兄弟や部下を諸国の王に封じることができたのである。こうした勝利の連続はフランス国民のナショナリズムを満足させ、人びとを陶酔させた。

このような「帝国の諸戦役が行われて夫や兄弟がドイツで戦っているあいだに、戦う彼らの身を気遣いながら女たちは、情熱的で蒼白い顔をした、神経質な新しい世代を生みだしていた。戦いと戦いのあいだにみごもられ、軍鼓の轟きを聞きながら学校生活を送った幾千という子供たちが、弱弱しい体で戦いのまねごとをしながら暗い目をしてお互いに見つめあっていた。ときどき、血のしみがついた服を着た父親が現れ、勲章で飾りたてた胸に彼らを抱きあげ、そして彼らを抱きおろしては、また馬に乗って去っていくのだった。」(第一部・第二章）ロマン派の詩人アルフレッド＝ド＝ミュッセは小説『世紀児の告白』で、ロマン主義の世代の誕生を、このように描いている。八三年の波乱に満ちた生涯を送ることになる詩人ヴィクトル＝ユゴーもまた、砲声と軍馬の蹄の音のさなかに育ちつつあった新しい世代の一人であったのである。

詩人の誕生

今世紀は二歳だった！……
そのころ、昔はスペインの町だったブザンソンに
……
青い顔、うつろな目、声もたてぬ子供が生まれた。

（『秋の木の葉』一）

父レオポル（右）と母ソフィー

ヴィクトル＝ユゴーは一八〇二年、ナポレオン軍の将校ジョゼフ＝レオポル＝シジスベール＝ユゴーを父とし、ソフィー＝フランソワーズ＝トレビュシェを母として、フランス東部の町ブザンソンに生まれた。このブザンソンというのは、父レオポルが大隊長として赴任していた町である。父親レオポル＝ユゴーは、ナンシーの指物師の親方の息子で、若くして軍隊に入り、職業軍人としての道を歩んでいた。彼が軍隊に入って何年もたたないうちにフランス革命がおこった。この庶民出の青年にとって、革命は千載一遇《せんざいいちぐう》のチャンスであったといえよう。彼は革命の精神を受け入れ、革命軍の中で徐々に昇進を重ねていった。彼は陽気で情熱的で、かなり好色ではあったが、根は善良な男だった。また激しやすい性格で、粗野なところもあったが、機知のひらめきもあり、文学を愛してもいた。

一方、母親のソフィー＝トレビュシェは、ナントの富裕な商人の娘だったが、早くから両親を失ったために伯母のロバン夫人に育てられた。革命がおこると、ロバン夫人とソフィーは革命の混乱を避けるためにナントの町を離れて、シャトーブリアンという小さな町に移り住んだ。そして彼女はそこで、反革命ゲリラを討伐するために来ていたユゴー大尉に出会ったのである。ソフィーは、母親なしで育った娘たちの例に洩れず、独立心の強いしっかりした娘で、強情で、不信心で、気まえがよかった。

レオポルとソフィーは一七九七年、パリの市庁舎で、宗教的儀式を省いた市民結婚をした。なにしろソフィーは、ヴォルテール流の自由思想をもっていたロバン夫人に育てられたために、その思想にすっかりかぶれていて無信仰だったし、またレオポルの方も信心などには無関係な人間だったのである。この結婚から一七九八年には長男アベルが、一八〇〇年には次男ウジェーヌが生まれている。一八〇二年に生まれたヴィクトル＝ユゴーは、三男にあたるわけである。ヴィクトルが生まれたのは父のブザンソン滞在中であったが、伝記作家アンドレ＝モロワは、ユゴーが後年父から知らされた話として、つぎのように述べている。「一八〇一年、リュネヴィルからブザンソンへ向かっての旅行中に、ユゴー夫妻は山中を歩きまわったことがあるが、この散歩中にユゴー夫人はヴォージュ山脈の最高峰ドノン山の頂きで、つまり白雲のあいだで、三番めの子供を身ごもった。……これはユゴー少佐（このころ彼は少佐に昇進していた）が激しい肉欲の衝動に駆られたら最後、すぐにその場で思いをとげずにはいられなかったことを物語っている。」（『ヴィクトル・ユゴーの生涯』第一部、二）

三人もの子供が生まれたにもかかわらず、ソフィーとレオポルのあいだには、結婚当初から隙間風が吹きはじめていた。一年おきに子をはらませる夫の性欲過剰にソフィーが恐れをなしたという説もあるが、ともかく、冷淡で理知的な性格のソフィーには、あまりに情熱的な夫の愛情が、とかく粗野に見えたのだろう。レオポルは軍隊の任務の都合で、ブザンソン、マルセイユ、コルシカ島、エルバ島などを転々としたが、そのうちソフィーは口実をもうけて、子供を連れてパリに帰り、夫と別居してしまった。レオポルは最初のうちは妻が自分のもとに戻ることを望み、ソフィーに愛情のこもった手紙を送っていた。しかし、やがてレオポルの方もエルバ島でカトリーヌ＝トマという女と関係をもつようになり、夫婦の仲は次第に冷たいものになっていった。

辺地の任務でしばらく日の当らない所にいたレオポルにも、やがて、ふたたび運がむいてきた。一八〇六年二月のナポレオン軍によるナポリ攻略戦に参加して勲功をたてたレオポルは、弟ナポレオン一世によってナポリ王に任じられたジョゼフ＝ボナパルトの庇護をうけるようになったのである。彼はやがて一八〇八年、ジョゼフ王がスペイン王に任じられると、この王に従ってスペインに赴き、そこでスペイン王国伯爵、スペイン軍将軍にまで昇進した。

では、夫と別居してパリに戻っていたソフィーと三人の子供たちはそのころどうしていたのだろうか？　こんどは彼らに目をむけてみることにしよう。

三人の教師と一人のおたずね者　一八〇九年六月、ソフィーはパリのフイヤンチーヌ一二番地の古い修道院の一階に、りっぱなアパルトマンを借りて住んだ。ソフィー一家はこの家に一八一三年一二月まで住んでいるが、後にユゴーはフイヤンチーヌの生活を回想して次のようにうたっている。

ああ！　束《つか》の間に過ぎた金髪の幼年時代に、私はもった、
三人の教師を。それは、庭と年老いた司祭と母親。
（『光と影』一九「一八一三年のころフイヤンチーヌに起こったこと」）

ソフィーは自然の風景などには関心がなかったが、庭には大変執着していた。フイヤンチーヌのアパルトマンを選んだのもそのためだったが、これは野生の大庭園とでもいったほうがいい、おそろしく大きな庭で、木立や藪がほうぼうに散らばり、ブランコを置くのにおあつらえむきのマロニエの並木道だの、戦争ごっこをするのにうってつけの涸《か》れ井戸などがあった。幼いヴィクトルやウジェーヌにとって、この大庭園は胸をおどらせるような冒険にみちた世界だった。未来の詩人ユゴーは、フイヤンチーヌの庭をとおして、自然を愛することを覚えたのである。
二番めの教師——それはサン－ジャック通りに塾を開いていたラリヴィエールという年老いた司

祭だった。ヴィクトルとウジェーヌは、一八〇九年の二月からこの塾に通っていたが、ラリヴィエールはこの兄弟に、ラテン語とギリシア語を教えた。彼の手引きで、ヴィクトルはラテン語のしっかりとした素養を身につけるようになったのである。ラテンの詩人は、ヴィクトルの詩作に後々まで影響を及ぼすようになる。

しかし三人のユゴー兄弟にとって一番の教師は、なんといっても母親のソフィーであった。夫と事実上別居状態にあったソフィーは、子供たちに対して優しい母親の役目と、人生を教える厳しい父親の役目という二重の役割を果たさなければならなかった。一方、子供たちも母親に深い愛情を抱き、成長して青年になってからも、母親に対しては非常に従順であった。

しかし実は、この「三人の教師」のほかに、ユゴー兄弟は第四の教師をもっていた。それはクールランデ氏という名の中背の男で、ソフィーの親戚というふれこみで、庭の一隅の聖器室に住んでいたのである。このクールランデ氏というのは、実はソフィーの愛人で元将軍のヴィクトル＝ラオリーという男だった。彼はナポレオンの警察からおたずね者として追われていたのである。

ヴィクトル＝ラオリーはもと、モロー将軍の幕僚で、レオポル＝ユゴーも一時は庇護をうけていたこともある有力な軍人だった。彼はまた、ヴィクトルの名づけ親でもあった。さきほど述べたとおり、ソフィーはレオポルと別れてパリに戻っていたが、そこでナポレオンの勘気《かんき》をうけていた失意のラオリーと出会い、恋に陥ったのである。ラオリーはレオポルと違って繊細で、優雅な男性だったのである。レオポルがパリにいるソフィーに愛情をこめた手紙を何度書き送っても、ソフィーが心を動かさなかったのは、このようにラオリーと恋仲になっていたためだった。やがて、モロー将軍のナポレオン打倒の陰謀が発覚すると、ラオリーもそれに巻きこまれてしまい、ナポレオンの警察から追われる身になった。そのラオリーが、大胆にもパリのどまん中、フイヤンチーヌのソフィーの家に潜伏していたのである。

彼はウジェーヌやヴィクトルが学校から帰ってくると、二人の相手をし、夕食後にはおもしろい話を聞かせたり、学校の宿題を見てくれたりした。このラオリーは、ユゴーの記憶の中で次第に理想化されてゆく。一八七五年に出版された『言行録（亡命以前）』の序文でユゴーは、ラオリーが幼いヴィクトルに次のように語ったと述べている。「ぼうや、おぼえておき、何よりも自由が大切なんだよ。」

ラオリーはフイヤンチーヌに一年半ほどひそんでいたが、一八一〇年の暮についに逮捕され、投獄されてしまった。

二人の父親

ラオリーが逮捕されたこともあって、ソフィーは夫とよりをもどす気になった。なにしろレオポルはスペインで伯爵、将軍という重職についているのだから、子供の将来のためにも、夫と和解するほかはないと考えたのである。ソフィーはマドリードに向けて旅立った。一八一一年三月のことである。

ところが今度は、夫の方が和解を望んでいなかった。レオポルはエルバ島から連れてきたカトリーヌ＝トマを正式の妻と称して同居させていた。そのうえ、ソフィーとラオリーの関係を彼に告げ口する者まで現れたので、二人の間は一層険悪なものになってしまった。レオポルは子供たちをソフィーからとりあげて、ウジェーヌとヴィクトルをマドリードの貴族学校に入れたりしたが、ソフィーも負けず劣らず反撃し、ジョゼフ王に夫の横暴を訴えて嘆願したりした。こうしたいきさつの結果、長男のアベルだけは王の小姓としてスペインに残ることになったが、ジョゼフ王のとりなしで下の二人の子供ウジェーヌとヴィクトルはソフィーの手に残された。一八一二年三月、ソフィーはこの二人の子供を連れてフランスへの帰途についた。

フランスに戻ったソフィーは、早速ヴァンセンヌに投獄されていたラオリーに会いにかけつけた。ラオリーは、監獄で知りあった高位の聖職者たちのナポレオン政府転覆の計画に誘われていた。ソフィーはラオリーを激励し、この計画に参加することを強く勧めた。この計画は一八一二年一〇月二三日の朝、実行されたがすぐに失敗した。一時監獄をうまく脱け出たラオリーは、陰謀に加担したマレ将軍などとともに、ふたたび逮捕され、死刑に処された。

妻に宛てた手紙などを見ると、レオポルはなかなか子煩悩な父親だったらしい。しかし、多忙な軍務や妻との不和のために、レオポルには子供たちと親しむ機会があまりなかったのである。ソフィーといっしょに暮らし、彼女にひとしお深い愛着を寄せていた子供たちには、レオポルは母を迫害する悪い父親としか映らなかったにちがいない。そうした「現実の父親」レオポルに代わって、ラオリーは子供たちにとって、「理想の父親」の役割を担う。とりわけヴィクトルにとって、ラオリーは名づけ親であったわけだから、親近感もいっそう深かったにちがいない。おそらくそうしたことから、幼いヴィクトルの心の中に、暴君ナポレオンと戦う自由の英雄ラオリーの姿が大きく焼きつけられ、彼の空想をはぐくんだのであろう。彼の作品の中で暴君に追われる逃亡者がしばしば描かれたり、また青年時代にナポレオンを嫌って復古王政を歓迎したりしたのも、こうした事情からある程度は説明できるのである。

二、王政復古と文壇への登場

巨人の影

ナポレオン――この希代の風雲児の転落の物語については、誰でも知っているだろう。ロシア遠征に失敗したナポレオンは一八一二年、亡霊のようになった軍隊をひきつれてパリに戻ったが、この敗北以来、さしもの彼の大帝国も崩壊しはじめた。ヨーロッパ各地にいた彼の軍隊も、引潮のようにパリに向けて撤退する。やがてナポレオンの退位、第一次王政復古、エルバ島への流刑、皇帝への奇跡的な復位、ワーテルローの戦い、そしてブールボン王家の再復活。……ナポレオンはふたたび退位させられ、セントーヘレナ島に流される。こうして一八一五年から、ブールボン王家による「王政復古（第二次）」（〜一八三〇）と呼ばれる体制が始まる。しかし、ナポレオンの巨大な影はこの絶海の孤島にあってなお、人びとの心につきまとい続けるであろう、――復古体制の維持をもくろむ人びとには、彼らをおびやかす悪夢として、政治の革新を望む人びとには希望の象徴として。というのもナポレオンは王政復古時代には、フランス民主主義のヨーロッパ諸国への伝播者としての面を強調されて考えられるようになったからである。

ナポレオンの影はまた、文学者の心をも魅了した。荒々しい創造のエネルギーに突き動かされた一九世紀の若い文学者たちにとって、ナポレオンの偉業は、彼らがこれからなすべきことの手本であったのだ。バルザックは、「ナポレオンが剣でやりとげられなかったことを、私はペンでなしとげよう」と書いている。我々はユゴーの作品の中にも、こうしたナポレオンの姿が執拗に姿を現すのを見ることができる。

王政復古、これは要するにフランス革命以前の体制を復活させるということだ。しかし歴史を完全に逆行させるなどということが、そもそも可能だろうか？　革命のとき封建制度は解体され、数多くの自営小農民層ができあがった。そうした小農民層から土地をとりあげ、教会や貴族の手にもどすことなどできるだろうか？　一度自由の味を味わった国民に、隷属の鎖をふたたびつけることができるだろうか？　こうして復古王政は、ある程度まで革命の遺産と妥協することになる。復活したブールボン家のルイ一八世は「憲章」を発布して、制限選挙による議会を伴った立憲王政を保障したのである。

国王政府のこうした妥協に対して小貴族たちが反発した。革命によって一番打撃をうけたのは彼らだったのである。小貴族たちは、「憲章」を支持する「立憲王党派」に対抗して、「極右王党派《ウルトラ》」を形成した。彼らは「王よりも王党的」と称されたが、彼らの中心人物の一人として、文学者としても有名なシャトーブリアンがいる。

王政復古期を通じて立憲王党派と極右王党派《ウルトラ》は対立しつづけた。はじめのころは立憲王党派が政権を握り、比較的穏和な政策がとられたが、一八二〇年ごろを境に極右王党派《ウルトラ》が力を伸ばし、復古王政は反動色を深めていった。そして、一八二四年、ルイ一八世が死に、極右王党派《ウルトラ》の後援者アルトワ伯が即位してシャルル一〇世となると、こうした傾向は一層助長されていった。ヴィクトル＝ユゴーが文学者として一家をなすようになるのは、こうした時代だったのである。

父母のいさかい

ナポレオンがロシア遠征に失敗して以来、ヨーロッパ各地のナポレオン軍も苦戦を強いられるようになった。一八一三年、スペイン王ジョゼフ＝ボナパルトはついに、イギリスに後援されたスペインのゲリラ軍に屈してフランスに逃げ帰った。ユゴー将軍も敗残のフランス軍とともに帰国し、国境の要塞の町チョンヴィルの防衛司令官となった。ヨーロッパ諸王国連合軍がフランスに侵入したとき、彼はこのチョンヴィルの町でめざましい働きをしているが、ナポレオンの没落後、結局退役してしまった。

　フランスに帰ったのちも、レオポルはカトリーヌ＝トマといっしょに暮らし、ソフィーのところに戻ろうとはしなかった。スペインから追いたてられるようにして帰国したレオポルは、このころ自分自身の生活も苦しくなったこともあって、ソフィーへの生活費の送金を滞らせがちになった。これに不満なソフィーは、カトリーヌ＝トマと別れるように要求しようとして、レオポルのもとにおしかけた。二人の間にはいさかいがおこり、激しい言葉がかわされ、レオポルはソフィーに暴力をふるったりした。気丈なソフィーは、妻の権利回復と扶助料を要求する訴訟をおこした。レオポルの方も、これに対抗して離婚訴訟をおこす。これを見かねた友人のピエール＝フーシェ——彼はソフィーの同郷人で、レオポルとも旧知の間柄だった——が、子供のためにもあまり醜聞はおこさないようにと二人をいさめて仲裁にはいったが、二人は聞き入れない。こうしてユゴー夫妻の関係は泥仕合のようになってしまったのである。

こんな二人のいさかいが原因となって、ウジェーヌとヴィクトルは、子供たちを母親からひき離そうとした父の手によって、一八一五年二月、パリのサント＝マルグリット通りにあるコルディエ寄宿学校に送りこまれてしまったのである。このころすでに、ラテンの詩を翻訳したり自作の詩を書いたりしていたヴィクトル少年は、次のようにうたっている。

　やさしい母からひきはなされ、
　母に会う幸福をうばわれた
わたしは、溜息をついて、暗い絶望を吐く。
いったい、どんな罪をわたしはおかしたのか？……

（『生活をともにした人の語ったヴィクトル・ユゴー』二八）

ヴィクトル少年にとって、父レオポルは親しみのもてない恐ろしい存在だった。なにしろ、長いあいだ離ればなれに暮らしていたので、父親に親しむ機会があまりなかったのだ。そのうえ、レオポルは優しい母ソフィーを虐待し、ヴィクトルを母の手もとからひき離し、陰気で厳格な寄宿舎に彼を閉じこめた暴君だった。

「シャトーブリアンのような人物になりたい」

こんな父親に対する反発が大きければ大きいだけ、母ソフィーへの愛情は細やかで深いものになっていた。その母からひき離されて過ごすコルディエ寄宿学校での生活は、はじめのうち、彼には地獄のように思えた。ヴィクトル少年は以前から詩作に対する興味を深めていたが、コルディエ寄宿学校で過ごした一八一五年から一八一八年のあいだ詩作に没頭していた。おそらく、母からひき離された悲しみをまぎらわしたいと思ったのだろう。この時期にユゴーが手がけた作品は、オード、風刺詩、書簡詩、悲劇、悲歌、ラテン詩人の翻訳、それにオペラコミックなど、実に多種多様である。成人したのちもユゴーは、小説や劇や詩などほとんどあらゆるジャンルを手がけて成功を収めているが、そうした傾向はすでに習作時代から現れているのである。

こうした少年時代の作品には、いくつかの点で母親ソフィーの影響が色濃く現れている。まず第一は、ヴィクトルがブールボン王家への敬意と共感をうたっている点である。娘時代のソフィーは

シャトーブリアン

べつに、反革命の頑固な王党派というわけではなかったが、ナポレオン軍の将軍だった夫レオポルを憎むようになったこと、またラオリーがナポレオンの政府から処刑されたことなどから、ナポレオン自身を憎むようになった。それで彼女は、ナポレオンが没落すると大喜びをし、王政復古を大歓迎したのである。第二の点は、ヴォルテール趣味が感じられることである。ソフィーは実際的な性格でロマンチックな感情などとは無縁だった。それにキリスト教は否定しなかったが、神父たちを嫌っていた。そのために、ヴィクトル少年の作品にも、反教会的な風刺詩や世俗的な恋愛詩が数多く見られるのである。

しかしやがて、ヴィクトルはシャトーブリアンの影響を受けてキリスト教的な詩を書くようになる。シャトーブリアンといっても今でこそあまり注目されないが、当時は名声赫々《かくかく》たる大文学者であった。彼が一八〇二年に出版した『キリスト教精髄』は、文学史上ロマン主義の先駆的な業績として有名であるが、この作品は、キリスト教が芸術的にたいへん美しい宗教であることを彼独特の壮麗な文体で示し、青年たちを熱狂させたのである。そのシャトーブリアンは、王政復古後、極右《ウルトラ》王党派の大立物の一人として政界でも活躍していた。ヴィクトルは、このころ日記に、

「ぼくはシャトーブリアンのような人物になりたい。それ以外は一切御免だ」と記したといわれている。一八一六年七月ごろのことである。一四歳の少年は、文学の道に進むことを、固く決意していたのである。

ヴィクトルには二つ違いの次兄ウジェーヌがいたが、ウジェーヌも文学に興味をもって詩を書いたりしていたので、ヴィクトルにとっては良いライバルだった。二人は陰気なコルディエ寄宿学校で詩作に没頭したり、各種の詩のコンクールに競って応募したりしていた。しかし、まもなく弟のヴィクトルの文才の方が、一足さきに世に認められる機会がやってきた。アカデミー＝フランセーズは一八一七年に、「人生のあらゆる場合に勉学が与える幸福」という題で、詩のコンクールを行ったが、ヴィクトルはこれに応募して選外佳作をとったのである。こうしたコンクールはもちろん、若い詩人に世に出る機会を与えるためのものであったが、それにしても、一五歳の少年が賞を受けるのは異例のことであった。ヴィクトルは急に注目され、一人前の詩人の仲間入りをすることになった。ヴィクトルがこうした注目をうけるようになったので、兄ウジェーヌは弟に先を越される悲しみを味わったのである。

一八一八年二月には、長いあいだ係争中だったユゴー夫妻の訴訟に対する判決が下った。その結果、子供たちはふたたび母親の監督に委ねられることになった。ちょうどこの年にコルディエ寄宿学校の課程を終えたヴィクトルたちは、九月になって、そのころ母親が住んでいたプチ＝ゾーギュスタン通りのアパルトマンにもどった。寄宿学校を出てからも、彼らの生活は相変わらず単調で勤勉なものだった。兄弟は小さなテーブルに向かいあってすわり、一日じゅう詩ばかり書いていたのである。ヴィクトルは翌年、トゥールーズの町の歴史的に有名な「アカデミー＝デ＝ジュー＝フロロー」のコンクールに応募して、「アンリ四世の像の再建」という詩で、このコンクールの一等賞である金の百合賞を授与されている。

初恋

こうした勤勉な生活の中で、ヴィクトルはただ一つ楽しみをもっていた。ソフィーは世間から引きこもって暮らしていたが、ときどきウジェーヌとヴィクトルを連れて、旧友のフーシェ一家を訪れた。この訪問は会話も乏しく、退屈なものだったが、なぜかヴィクトルはこのフーシェ一家とのつどいの宵を心待ちにするようになった。フーシェ家の娘アデールを恋するようになっていたのである。

ところで、ヴィクトルとアデール＝フーシェについては、次のような興味深い因縁話がある。ピエール＝フーシェが一七九七年に妻を迎えたとき、すでに結婚していたレオポル＝ユゴーも結婚式にかけつけたが、そのとき彼は次のような祝いの言葉を述べたといわれる。「きみは女の子をこしらえたまえ。ぼくは男の子をこしらえる。そうして、ふたりを結婚させることにしよう。ぼくは子供たちの夫婦生活を祝って乾杯する。」（『生活をともにした人の語ったヴィクトル・ユゴー』二「結婚」）

アデール＝フーシェ

この予言は奇しくも実現することになるが、それまでには、いくつもの曲折があったのである。

アデールもヴィクトルに好感を抱き、まもなく二人のあいだには親の目を盗んでの秘密の文通が始まった。もちろんこうしたことが、娘をもった苦労性の親の目に隠しとおせるものではない。問いつめられたアデールは、二人が結婚の約束までしたことを白状した。フーシェ夫妻にしても、二人が若すぎるという点を除いては、この結婚に反対する理由は特別なかった。ヴィクトルの父親はなんといっても将軍だし、それにフーシェ夫妻もヴィクトルの才能や将来性を大きく買っていた。しかしここに大きな障害が現れた。ヴィクトルの母親ソフィーが、この結婚に猛烈に反対したのである。自尊心の強いソフィーは、ヴィクトルの将来にもっと大きな夢をかけていた。ヴィクトルは、今は存在しないナポレオン時代のスペイン王国の称号とはいえ、「伯爵」の息子だ。この称号に彼の文学的才能を合わせれば、ヴィクトルはすばらしい社会的地位を獲得することができよう。今から平民の娘と結婚して将来の可能性を葬りさることはない。――こうソフィーは考えたのである。彼女は二人の交際を禁じ、フーシェ家への訪問もやめてしまった。母親に忠実なヴィクトルは、悲嘆にくれながらもソフィーのいいつけに従った。しかし、愛する二人はどうにか秘密の文通だけは続けることができた。この文通は『婚約者への手紙』として出版されているが、ヴィクトルの情熱的な性格をあますことなく伝えていて興味深い。

母の死と処女詩集

ところが、こんなロマンチックな恋愛に夢中になっていたヴィクトルに、思いがけない不幸が襲ってきた。一八二一年六月二七日、少しまえから病いで床についていたソフィーが死んだのである。四九歳だった。父のレオポルはカトリーヌ＝トマとブロワに住んでいたので、アベル、ウジェーヌ、ヴィクトルの三人で、淋しい葬式をしなければならなかった。ソフィーの死は、ヴィクトルにとって大きな打撃だった。

とはいえ、母の死によってアデールと結婚するための障害はなくなった。娘の早すぎる結婚に同意することをしぶっていたフーシェに、ヴィクトルはさまざまな説得をつくして、とうとうアデールとの婚約を認めさせることができた。しかしそれには、ヴィクトルが家庭をもつのに十分な収入を得ることができるまで、婚約は公表しないでおくという条件がついていた。なにしろヴィクトルはまだ、筆一本で生活できるというところまでいっていなかったのである。

ソフィーの死後も、ヴィクトルは兄のウジェーヌといっしょに暮らしていたが、このころからウジェーヌのふるまいに奇妙なものがまじってきた。ウジェーヌもまたアデールに恋をしていたのである。詩人としてのデビューにも弟に遅れをとり、恋の競争にも敗れたウジェーヌは、ヴィクトルに激しい嫉妬を表すようになった。

このころのヴィクトルの文学活動はまことに目ざましい。一八一九年一二月には、彼は《コンセルヴァトゥール＝リテレール》（文学保守）という個人雑誌を二人の兄といっしょに創刊し、一八二一年三月に廃刊になるまで、なんと一一のペンネームを使って、一一二の論説と二二編の詩を掲載するという超人的な執筆活動を行っている。また『ビュグ＝ジャルガル』（一八二六、単行本）や『アイスランドのハン』（一八二三）といった、ロマン主義的な色彩の濃い小説を書いたのもこのころのことである。

一八二二年六月四日には、ヴィクトルは『オードと雑詠集』という処女詩集を出版した。この詩集はその後、新しい詩編を加えたりして、『新オード集』（一八二四）、『オードとバラッド集』（一八二六）という題で出版しなおされている。この詩集には、「ベリー公の死」だとか「ボルドー公の誕生」などといった、王家の慶弔をうたった詩が数多く収められている。こうした詩によってユゴーは王家のお抱え詩人のような形になり、熱心な王党派と見なされるようになった。国王ルイ一八世は、この詩集の刊行をきっかけに、ユゴーに年金一〇〇〇フランを与えることにした。フーシェ夫妻も安心して、アデールとの結婚も本ぎまりになった。二人の結婚式は一八二二年一〇月一二日にサン＝シュルピス教会であげられた。

ヴィクトルとアデールは幸福に満ちた結婚式を迎えたが、その夜二人の幸福を目にした兄のウジェーヌは、嫉妬のあまり発狂してしまった。ウジェーヌはそのまま狂気から醒めず、一八三七年に精神病院でさびしい生涯を終えることになる。成年に達するまで、まるで双子のように同じような育てられ方をしたウジェーヌとヴィクトル、――ウジェーヌのこのような悲劇的生涯に、我々は、栄光に満ちた生涯を送ったヴィクトルの陰画《ネガ》を見るような気がする。

父との和解

ユゴーが活躍しはじめた一八二〇年ごろには、それまでフランスの詩壇を支配してきた古典主義に対して、ロマン主義のデビューとなるような詩集が相次いで出版されている。一八二〇年にはフランス＝ロマン主義の初めといわれるラマルチーヌの『瞑想詩集』が、一八二二年にはアルフレッド＝ド＝ヴィニーの『詩集』が刊行された。ロマン派と呼ばれる文学流派が次第に形づくられていったわけだが、こうした人びとは、総体的に言って、王党派であり、シャトーブリアンふうのキリスト教を信じていた。彼らは、一八二四年ごろから幻想小説家シャルル＝ノディエのサロンで開かれる会合に集まるようになった。このサロンで会員は文学を論じあったり、ダンスをしたりした。若いユゴーもこのサロンに出入りして、自作の詩を朗読したりして仲間の喝采《かっさい》を浴びていた。

兄ウジェーヌの発狂はヴィクトルの新しい門出に暗い影を投げかけたが、それでも、はげしい恋愛の末に結ばれたアデールを得て、ヴィクトルは幸せだった。結婚の翌年には長男レオポルが生まれたので、ヴィクトルははじめての子を連れて、ブロワにいる父レオポルを訪れた。この長男は病弱で、まもなく死んでしまったが、一八二四年には長女レオポルディーヌが生まれ、ヴィクトルは翌年、ふたたびこの子を連れて父を訪ねている。母ソフィーが生きていたあいだは、ヴィクトルは父とあまり交流をもたなかったが、父とこうして交際するようになると、彼はだんだん父を理解し愛するようになった。と同時に、母から受けついだ専制君主ナポレオンへの憎悪はまだ心から消えなかったが、ナポレオンの配下の将兵たちの武勲をたたえる気持ちは次第に高まってくるのだった。詩集『オードとバラッド集』の「父に捧げる」と題した詩で、彼は次のようにうたっている。

フランスの国民よ！　戦勝の棕櫚《しゅろ》の葉はきみたちをよそおう。
専制君主に服しながらも、きみたちは偉大だった。
あの非凡な元首は、きみたちの力によって強大になった。
あの元首はきみたちの武勲によって不朽の名をえた。
（『オードとバラッド集』「オード」第二編、四「父に捧げる」）

ユゴーはこのように、父との和解を通じて、ナポレオン軍の将軍としての父の勲功を誇り、ナポレオン配下の将兵を賞賛するようになった。そして、やがてはナポレオンその人を賛美するようになるのである。ちなみに父レオポルは一八二八年一月二九日に卒中で世を去るが、このときユゴーは深い悲しみを味わっている。

若い批評家サント＝ブーヴ

さきにも述べたとおり、ユゴーは一八二六年に『オードとバラッド集』を出版した。この詩集が出版されたとき、《グローブ》紙という自由主義的な新聞がこの詩集を激賞した批評を掲載したが、その筆者はS・Bとだけ署名していた。このS・Bというのは実は、その後近代批評の確立に大きな業績を残すことになる大批評家サント＝ブーヴだったのだ。当時若冠二二歳の彼は、この新聞で文芸批評を担当していたのである。この好意的な批評をきっかけにして、ユゴーとサント＝ブーヴとのあいだには心のこもった交際が始まった。内気で小心な青年サント＝ブーヴは、ユゴーの華々しい才能にすっかり引きつけられ、心酔してしまった。ユゴーの方も、サント＝ブーヴに対して、弟に対するような愛情をもつようになった。

まもなくサント＝ブーヴはユゴーの家に出入りするようになったが、この家庭の親密な雰囲気にすっかり魅せられてしまった。サント＝ブーヴは、はにかみやで、おまけに自分を醜い男だと思いこんでいたので、孤独に苦しんでいたが、そんな彼にとって、ユゴー家はほんとうに魅惑的な家庭だったのだ。ユゴー家を訪れたことのある一人の批評家は、この家庭の様子を次のように描いている。

サント-ブーヴ

「ヴォージラール通りの指物師の仕事場の上にある中二階のとても小さな客間で、私は青年詩人とその若い奥さんに会った。奥さんのほうは、聖母マリアと子供のキリストとを描いたラファエッロの版画のまえで、生後数か月にしかならない自分の子供を腕に抱いてゆすったり、お祈りの仕方を教えようとして子供のもみじのような手をあわせてやったりしていた。何から何までいささか道具立てが揃いすぎている気はしたが、それでも素朴でまじめなあの光景に私は感動を覚えたし、またうっとりとさえしてしまった。」(ルイ＝ガンボー『ヴィクトル・ユゴーの《東方詩集》』第一章、一)この家庭の様子は、ユゴー自身の子供時代となんという違いだろう。実際、「いささか道具立てが揃いすぎている気はする」が、こうした聖家族を思わせる家庭図絵こそ、ユゴーが長年思い描いてきたものだったのだ。父母の不和の中で子供時代を過ごしたユゴーは、いつも完璧な家庭をつくることを願っていたのである。

サント-ブーヴはこうした家庭風景に引きつけられたが、ユゴーの方でも、サント-ブーヴから多くのものを得ている。ユゴーは絵画的なイメージや壮大な構想といった面ではたしかに優れていたが、一方、人間の細やかな感情や心理の綾《あや》といったものに対する関心は薄かった。繊細な感受性をもっていたサント-ブーヴは、日常生活の心理の機微が立派に詩になることを教え、ユゴーの関心をそちらに向けさせた。こうした要素は、一八三〇年代の四つの叙情詩集の中に開花することになる。またサント－ブーヴはユゴーの目を社会問題にも開かせ、彼を自由主義の方に導いたのである。

ロマン派のリーダー

ユゴー一家は一八二七年の春、ノートル－ダム－デ－シャン通りに転居したが、彼の住まいには、数多くのロマン派の若い作家や画家が集まるようになった。そうした人びとの中には王党派だけではなく、自由主義的な傾向をもった青年も数多くまじっていた。まもなくユゴーはそうした人びとから、ロマン派のリーダーと見なされるようになった。何しろこのころのユゴーは、ロマン派的な作品の傑作を次から次へと発表していたのである。一八二七年に発表された劇『クロムウェル』の「序文」は、ロマン派文学理論の宣言書《マニフェスト》とでもいうべきもので、ごうごうたる世評をまきおこした。また一八二九年にはユゴーは『東方詩集』と小説『死刑囚最後の日』を出版している。『東方詩集』は絢爛《けんらん》たる色彩とイメージや華麗な異国趣味《エキゾチシズム》をくりひろげながら、古典的規則をふみにじった超絶的な技巧の作詩法によって、青年たちを熱狂させた。また小説『死刑囚最後の日』は、サント－ブーヴの影響のもとにユゴーの中に深まっていった社会的傾向が、最初に現れた作品である。

ユゴーがこのように、力強い作品を次々と生み出しているあいだに、ユゴー夫人アデールも次々と子を生みおとしていた。さきにも述べたように、一八二三年に生まれた長男は生まれてまもなく死んだが、一八二四年には長女レオポルディーヌ、一八二六年には次男シャルル、一八二八年には三男フランソワ－ヴィクトルが生まれ、そしてまもなく一八三〇年には次女アデールが生まれることになる。大体ユゴー家は多産の血筋らしく、父レオポルもソフィーと同居した五年あまりのうちに三人の子をつくっているし、祖父ジョゼフにいたっては、二度の結婚でなんと一二人の子をもうけ、政府から表彰を受けてさえいるのである。アデールも一年おきに子供を生みつづけていた計算になる。そして彼女はこんな夫婦生活をつづけるのに、そろそろ飽きはじめていたのだ。

三、栄光と挫折

七月革命から七月王政へ

一八二四年、極右王党派《ウルトラ》のシンボルのような存在であった王弟アルトワ伯が即位してシャルル一〇世となると、復古王政は急激に反動色を深めていった。カトリック教会の強化、貴族の保護、言論出版の自由の抑圧、――復古王政はこうした反動政策を次々と押しすすめていったが、そのために自らの支持基盤を狭める結果になった。また一八二八年以来の経済不況に対しても政府は無策で、有効な対策を講じることができなかった。こうしたことから、上層ブルジョアジーさえもが復古王政を見限るようになった。社会不安は増大し、議会では政府反対派が圧倒的多数を占めるようになった。

復古王政はこうした体制の危機を力で乗りきろうとした。一八三〇年、シャルル一〇世は「七月勅令」を出し、一、出版の自由の禁止、二、下院の解散、三、制限選挙の強化を通告した。

この「七月勅令」に対して、パリではすぐさま、ほうぼうでバリケードが張りめぐらされた。蜂起したのは経済不況にあえぐパリの手工業者、職人、中小商人、それに沈滞した抑圧的な体制に反発した学生層であった。上層ブルジョアジーからも見はなされた政府は、このパリ市民の蜂起に対抗できなかった。「栄光の三日間」の市街戦ののち、シャルル一〇世は亡命し、復古王政は崩壊する。七月革命である。

　復古王政が崩壊したのち、政治の表舞台に登場したのは、市民の蜂起を傍観していた上層ブルジョアジーだった。彼らは復古王政を支持しなくなってはいたが、同時に、社会混乱をひどく恐れていた。大革命中の血ぬられた「恐怖政治」は、フランス人の心にまだ生々しい記憶として残っていたのである。彼らはその二の舞だけはなんとしても避けたいと思っていた。そこで彼ら上層ブルジョアジーは、共和政ではなく、オルレアン家のルイ‐フィリップによる立憲王政を選択したのである。七月王政は基本的に、上層ブルジョアジーによって擁立された「ブルジョアによる、ブルジョアのための」王政である。

　七月王政の成立をきっかけにして、フランスもようやく産業革命を迎えることになる。しかし、産業の発達、社会の工業化は同時に、さまざまな社会問題を引きおこした。そして、こうした社会問題は多くの人びとの目を引き、社会問題の解決に努力させることになった。こうして七月王政時代には多くの社会思想家が輩出することになる。中でもサン‐シモン主義は三〇年代のはじめから大いに流行して、知識人の心を引き、文学にも少なからぬ影響を与えた。王政復古下では純粋に芸術的な運動にすぎなかったロマン主義さえも、サン‐シモン主義やフーリエ主義などの影響のもとに、「社会派ロマン主義」と言われる一派を形成するようになるのである。

七月革命も近い一八三〇年二月二五日には、ユゴーの生涯の中で、いやそれどころか、フランス文学史の中でも、最も重要な事件の一つがおこっている。ユゴーの劇『エルナニ』の初演である。ユゴーをリーダーとした文学運動ロマン主義は、すでにいろいろなジャンルで輝かしい成功を収めていたが、まだ、劇壇だけは制覇できずにいた。なにしろ当時のフランスでは、劇場が果たしていた文化的役割は非常に大きかった。新しい文学ロマン主義にとって、劇場で成功を収めることは、いってみれば、今日クーデターをおこした人びとが放送局を占拠するのと同じような意味をもっていたのである。演劇の影響力は出版物の比ではなかったし、それに劇場の成功が作家にもたらす収入も莫大なものだった。

劇壇への進出

ユゴーも以前から、演劇界に進出する機会を虎視《こし》眈々《たんたん》とねらっていた。最初に書いた作品『クロムウェル』は構想が大きすぎて上演不可能な作品になってしまい、本として出版されただけだった。そんなわけで最初に舞台にかけられたのは『エイミ・ロブサート』（一八二八）という劇だったが、ユゴー自身、自信がなかったせいか、この劇を偽名で発表したこともあって、注目されずに終わった。次いで彼は『マリヨン・ド・ロルム』という史劇を書きあげた。この劇は一八二九年六月に完成されたが、ここに描かれたルイ一三世の姿がグロテスクで、ブールボン王家の尊厳を損うという理由で、政府の検閲係から上演禁止の処分にされてしまった。さきにも述べたように、このころのユゴーは徐々に自由主義思想に向かっていたのだが、この上演禁止の処分は、ユゴーが王党主義から決別したことをはっきり印象づけた事件だと言えるだろう。

こんな障害にもひるまず、ユゴーはすぐさま新しい劇『エルナニ』にとりかかった。この劇は、本書の第II部「思想編」で述べるようなロマン主義演劇理論にのっとって、古典主義に果敢に挑戦した戯曲であった。

『エルナニ』はフランス劇の殿堂コメディー＝フランセーズで二月二五日に初演された。古典主義的な文学を支持する人びとは、この劇が失敗することを願っていた。だが、新しい文学を志して、ユゴーに心酔していた青年芸術家たちは、是が非でもこの劇を成功させたいと思っていた。こうして『エルナニ』初演の場は、古い文学と新しい文学が衝突する「戦場」になったのである。この事件は文学史上に「エルナニ合戦」と呼ばれている。古典派の激しいやじや非難の声が客席のほうぼうからとばされたが、ロマン派の青年たちがそうした非難に反論したり、やじを圧倒するような拍手をしたりしたので、『エルナニ』は成功を収めることができた。ユゴーはこの後も、『マリヨン・ド・ロルム』（一八三一）『王は楽しむ』（一八三二）『リュクレース・ボルジヤ』（一八三三）『メアリ・テューダー』（一八三三）『パードヴァの専制者アンジェロ』（一八三五）『リュイ・ブラース』（一八三八）などを上演して成功を収めている。こうした劇場での成功によって、ロマン主義は文壇の主流となり、最盛期を迎えたのである。

不幸の影

しかし、このような華々しい活躍の裏で、ユゴーの家庭には不幸の影がこっそりと忍びよっていた。『エルナニ』上演の準備で忙しいユゴーは家を留守にすることが多くなっていたが、サント＝ブーヴはまえからの習慣どおり、ユゴー家を足繁く訪れていた。内気で騒騒しい生活を好まなかったサント＝ブーヴは『エルナニ』の「ばか騒ぎ」になじめなかったので、主人のいないユゴー家で、まだ二六歳の若妻アデールのお相手を務めていたのである。アンドレ＝モロワはサント＝ブーヴの性格について次のように書いている。「サント＝ブーヴは他人の家庭の縁《へり》に生活するのが好きなたちだったから、生まれつき、聴罪司祭の役割を演じてみたいという趣味をもっていた。」(『ヴィクトル・ユゴーの生涯』第四部、三)そのうち、アデールは彼に心のこもった親密な内あけ話をするようになった。アデールは一八三〇年にも次女を生んだが、夫の人並みはずれた欲望にはまったくうんざりしはじめていた。それにごく平凡なプチブルの娘だった彼女は、天才的な夫に圧迫感のようなものをいつも感じていた。女性的で繊細なサント＝ブーヴは、彼女のそうした漠然とした不満の聞き役としては、うってつけの相手だった。時間を忘れてうちとけた会話をかわしているうちに、二人の間にはいつとはなしに、親密な感情が芽生えていった。

ユゴーは『エルナニ』の上演後も、ロマン主義的な小説『ノートル＝ダム・ド・パリ』(一八三一)を執筆したりして忙しい生活を送っていたが、そのころ、とつぜん、彼はサント＝ブーヴからアデールへの愛情を告白されて、口もきけないほど驚いてしまった。彼の大仰で情熱的な愛情と違って、しめやかでしっとりとした妻とサント＝ブーヴの静かな愛情に、彼はぜんぜん気がついていなかったのである。このときのユゴーの狼狽《ろうばい》ぶりは、いささか滑稽でさえある。彼はサント＝ブーヴに、我々二人のうちのどちらを選ぶかアデールに決めさせようなどと、申し出たりしているのである。もちろんアデールには、ユゴーと別れる気など少しもなかった。しかし、不幸の影一つない完璧な家庭を夢みていたユゴーは、すっかり心を傷つけられ、家庭生活に絶望してしまった。『エルナニ』の成功の栄光の陰に、ユゴーの生涯は一つの深い挫折を秘めているのである。

一八三〇年代にはユゴーは数多くの叙情詩を書いたが、そうした詩編は『秋の木の葉』（一八三一）『薄明の歌』（一八三五）『内心の声』（一八三七）『光と影』（一八四〇）の四つの叙情詩集に収められている。この四詩集は、前半期のユゴーの詩境の頂点を示すものとして高く評価されているが、その中の多くの詩編には、深い叙情的な悲しみがこめられている。

ああ、私の愛と純潔と青春の手紙の束よ、
きみなのだ！　きみを手にして今もなお、私は若い日の感激に酔い、
　ひざまずいてきみを読むのだ。
ゆるしてくれ、きょうひと日、この私がきみの年にたちもどることを！
幸せで分別もあるこの私が、人目をしのんで、

きみとともに泣くことを!

(『秋の木の葉』一四)

その女《ひと》は火の鳥のように行きつもどりつしていた、
それとは知らずに、多くの男の心に情火《ひ》をともしながら。
きれいな足の運びが捕えた多くの瞳に情火《ひ》を点じて、
いたるところで、まばゆい光を放っていた!

(『内心の声』一二「O L.に寄す」)

新しい恋

ユゴーがこんな女性に出会ったのは一八三三年一月のことであった。彼はそのとき、ポルトーサン-マルタン座の楽屋で新作劇『リュクレース・ボルジヤ』の朗読会を行っていた。目もさめるばかりに美しいこの女性は、ジュリエット=ドルーエという名の女優だった。彼女はかけだしの女優で、どんなつまらない役でもよいから自分の役をもらいたいと思って、この朗読会に出席していたのである。これが、ユゴーと半世紀にもわたる愛情をかわすことになる女性とのはじめての出会いだった。

ジュリエット=ドルーエ

ロマン主義は一般に、ブルジョア的な性道徳を嘲笑し奔放な情熱を称賛する文学だ、と考えられがちである。しかし、そうした主題を盛った劇を多く書いたユゴーが、実生活上では意外に志操堅固な家庭人であったのを見て、我々は驚かざるを得ない。アデールとの婚約時代、ユゴーはフーシェ家に招かれて、そこで話がたまたま姦通のことになったとき、激しい口ぶりで、妻に姦通された夫は妻を殺すか自殺するかすべきだと主張して、アデールの顰蹙《ひんしゅく》を買っている。もっとも、こうした極端さもまたロマンチックだとは言えようが、実生活上のユゴーは非常に品行方正な男で、劇の主人公のような、愛情問題での奔放さなど少しももちあわせていなかったのである。

しかし、サント－ブーヴの出現で家庭の幸福が乱されると、彼の心には何かぽっかりとあいた大穴のようなものができた。彼は劇の野心作を次々と発表していたが、それでも、ともすれば暗い気持ちになりがちだった。ジュリエットに出会ったのはそんな時だった。

ジュリエットは本名をジュリエンヌ＝ゴーヴァンといい、一八〇六年の生まれで、貧しい洋服屋の娘だった。幼いころ両親に死に別れて生まれ故郷のブルターニュからパリに出てきたが、そのうちいろいろな男性と関係をもつようになり、囲われ者のような生活を送った。そして一八二六年には、クレールという娘を生んだ。ユゴーと出会ったころ彼女は、ロシアの外交官アナトーリ＝デミードフに囲われてぜいたくな暮らしをしていた。しかし、こんなふうに男から男へと移っていったにもかかわらず、彼女はけっして下品な浮気女ではなく、恋愛をこの世でいちばん美しいものと考えるロマンチックな女性だった。

ジュリエットは精神的な愛情に飢えていた。そんな彼女には、美しい詩句が一杯つまったユゴーの広い額が、この上もなく高貴なものに思えたのである。ユゴーの方は、なにしろ妻以外の女性ははじめてだったし、それに青年時代の厳格な道徳観をもっていたので、最初はためらっていた。しかし、ジュリエットの驚くばかりの美貌と、献身的な愛の訴えにとうとう心を動かされて、一八三三年二月一六日の夜、二人は愛人同志になってしまったのである。

愛の陶酔

ジュリエットを愛人にしたユゴーがまずやろうとしたのは、彼女を昔のぜいたくで自堕落な生活から引きはなすことだった。『マリヨン・ド・ロルム』で、純愛によって清らかな女性に変わる娼婦を描いたヴィクトルは、ジュリエットを自分の清らかな恋人に仕立てあげようとしたのである。それまでの生活を自分自身でもおぞましく思うようになっていたジュリエットの方も、こうしたユゴーの気持ちを全面的に受けいれ、二人のあいだには恋に酔った生活が始まった。このころのユゴーはジュリエットとの愛の陶酔をさかんにうたいあげている。

私の唇をいまなお満ちている愛の盃につけたのだから、
あおざめた私の額をおまえの両手に埋めたのだから、

闇の中に人知れず香るおまえの心の
甘い吐息をときおり吸ったのだから、
……
私はいま呼びかけることができる、すばやく過ぎる歳月に。
「過ぎよ！　たえず過ぎよ！　私はもう年老いはしない！
行け、歳月よ、おまえの色あせた花とともに去りゆけ。
私の心には誰にも摘めない愛の花が咲いている！」

（『薄明の歌』二五）

ジュリエットは女優として身を立てる決心を棄ててはいなかった。ユゴーもそれには協力するつもりだった。しかし残念ながら、彼女はありあまるほどの美貌に恵まれながら、演技の才能の方は十分にもち合わせていなかったのである。彼女はいくつか重要な役をユゴーからもらいはしたが、観客の評判がよくなかったり、また仲間の女優が嫉妬して妨害したりしたので、ついに女優になることはあきらめてしまった。結局ジュリエットは「ユゴーの恋人」であることに専念し、死ぬまでそれを続けていったのである。

パリでの彼女の生活は修道女のように単調で、つつましいものだった。ユゴーは彼女に毎月生活費を渡したが、出費は克明に家計簿につけておくように命じた。その額も、寄宿学校に入れられた娘クレールの養育費を払うと、残りは大したものではなかった。冬がおとずれても部屋には火の気もなく、新しい服など一着も買えなかった。またユゴーは、ジュリエットが一人で外出することを好まなかった。しかしジュリエットは、このきびしい恋人の要求する生活を喜んで受けいれたのである。彼女は恋人の書いた原稿を清書したり、彼の服をつくろったり、この恋人に宛てて手紙を書いたりすることに無上の喜びを感じていた。彼女がその後五〇年間、毎日のように休むことなく書きつづけた愛の手紙は、なんと総計一万八千通にも及んでいる。

こうした単調な生活の中でジュリエットの憂さを慰めたのは、毎年夏になるとユゴーと二人で出かける旅行だった。一八三四年から四〇年のあいだに、二人はノルマンディー、ブルターニュ、ベルギー、ライン地方、南仏などの各地を旅行している。なお、こうした旅行の見聞をもとにして、ユゴーは『ライン河』（一八四二）などの旅行記を書いている。旅のあいだジュリエットは有頂点だった。少なくともそのあいだは「私のトト（ヴィクトルの愛称）」を独り占めにできたからである。

新しい野心

そうした旅行のあいだだけは、ユゴーは寛《くつ》いだ時間をすごすことができたが、パリでの彼の生活はあいかわらず多忙なものだった。それも以前のような創作三昧の忙しさというのではなく、もっと世俗的な生活に熱中するようになっていたのだ。彼は新しい野心にとらわれるようになったのである。

文学者が美の世界だけに耽溺すべきだと考えるようになったのは、いつのころからだろうか？少なくとも、ロマン派の人びとはもっと生臭い野心をもっていた。つまり彼らにとって、文学者とは単なる文章の専門家ではなくて、文化の指導者、ひいては社会の指導者でなければならなかったのである。ロマン派の大先輩シャトーブリアンが、彼らの良い手本であった。シャトーブリアンは王政復古時代には政界に大きな力をもち、各国の大使を歴任したし、また一時は外務大臣を務めたことさえあった。少年時代に「ぼくはシャトーブリアンのような人物になりたい。それ以外は一切御免だ」と書いたユゴーは、こうした面でも彼のひそみに倣《なら》い、政界でも一かどの人物になろうと思ったのである。ユゴーはさきにも述べた『死刑囚最後の日』や、また七月王政時代には『クロード・グー』（一八三四）のような作品を書き、社会改革の必要を訴えた。そして文章ばかりではなくて、実際の政治行動でも、こうした改革を実現しようとしたのである。

七月革命の際にユゴーはのちに『文学・哲学雑記』（一八三四）という作品に収められるいくつかの文章を書いて、この革命への共感を表明している。しかし七月王政は必ずしもユゴーに好意的ではなかったし、ユゴー自身も新しい国王ルイ＝フィリップに好感をもってはいなかった。だがやがて、ユゴーはルイ＝フィリップの長男オルレアン公と知り合いになり、親交を結ぶようになった。オルレアン公は聡明で、また民主主義的な思想の持ち主だったので、民主派からも期待されていた人物だった。オルレアン公は一八三七年にメークレンブルク大公国の公女ヘレーネを妻に迎えたが、この公妃がまたたいへんなユゴー‐ファンであった。公妃ははじめてユゴーに会ったとき、彼の詩を暗記していると言って暗誦してみたり、また、「わたしは『あなたの』ノートル‐ダム大聖堂におまいりしました」などと述べて、ユゴーを感激させたりしている。公や公妃とのこうした親交のために、ユゴーは次第に七月王政に接近するようになった。そしてオルレアン家もやがて、ユゴーを公然と支持するようになる。

一八四一年一月七日、それまで三度落選のうき目を見たユゴーも、ついにアカデミー‐フランセーズの会員に選ばれた。ユゴーがアカデミー入りを果たしたことは、きわめてセンセーショナルな事件だった。古典派の牙城だったアカデミーと長年闘ってきたロマン派の指導者が、ついにアカデミーにはいったのである。しかし、それにもまして人びとを驚かせたのは、オルレアン公夫妻がユゴーの入会演説に臨席したことである。こんなことは一〇年この方はじめてのことだった。オルレアン公夫妻の臨席は、ユゴーが王家の支持を受けた詩人であることをはっきり印象づけた。

オルレアン公妃

アカデミー入りをしたユゴーにとって、貴族院へはほんの一歩だった。立憲王政を標榜《ひょうぼう》した七月王政は、貴族院議員の世襲を廃して、国王が名士を一代かぎりの貴族院議員として選ぶようになっていたからである。それに、なにしろユゴーにはオルレアン家の後楯があった。一八四二年にオルレアン公は事故で死亡したが、一八四五年四月にはオルレアン公妃の口ぞえで、ユゴーはついに子爵に叙せられ、貴族院議員になった。こうしてユゴーは、国王の助言者となって政界に活躍し、社会の改善につくすという長年の宿望を徐々に実践しうる地位についたのである。

しかしここで、少し時代を戻して、ユゴーの身におこったいたましい事件について述べておかなければならない。それは彼の愛娘レオポルディーヌの死、「一八四三年の深淵」である。

「一八四三年の深淵」

一八四三年ごろ、ユゴーは得意の絶頂にあった。アカデミー入りを果たした彼は、貴族院議員の椅子をねらっていた。またこの年の二月には長女レオポルディーヌをシャルル＝ヴァクリーという青年のところへ嫁入りさせていた。それになによりも、彼の文学活動はあいかわらず精力的で衰えを知らなかった。今しも彼は新しい劇作『城主』を脱稿して、舞台にかけようとしていた。『城主』はユゴーが一八三九、四〇年に旅行したライン地方の古城を舞台にして、複雑な筋と幻想的な雰囲気を配した、なかなかの野心作であった。ところが、この劇は舞台にかけると意外にも、たいへんな不評をこうむったのである。観衆の好みは誇張と大言壮語《たいげんそうご》とにみちたロマン主義的な文学からはもう離れてしまっていたのだ。『城主』の失敗は、ロマン派の凋落《ちょうらく》を示す事件として、文学史的にも有名である。

この劇の失敗から打撃をうけたユゴーは、気晴らしのためにジュリエットを連れてスペインに向けて旅だったが、そのまえにルーアーヴルにいるレオポルディーヌを訪れている。

ユゴーは二男二女にめぐまれたが、とりわけ長女のレオポルディーヌを溺愛していた。レオポルディーヌが結婚したときも、娘を嫁にやるすべての父親が味わう淡い悲しみを感じて、それを詩にうたっている。

わが家《や》では引きとめられ、他家からは望まれる。
娘よ、新妻よ、天使よ、わが子よ、二つながらのつとめをお果たし。
わが家《や》には別れのなげきを、あの人たちには希望を与えよ。
涙をうかべてわが家《や》を出て、ほほえんで他家にはいり！

（『静観詩集』第四編、二「一八四三年二月一五日」）

結婚したレオポルディーヌは幸せな新婚生活に酔っていた。ユゴーはこうしたレオポルディーヌにいとまを告げに、若夫婦が新居をかまえていたルーアーヴルを訪れてから、スペイン旅行に出発したのである。

スペインはユゴーにとって思い出に満ちた土地だった。昔の記憶が頭の中によみがえってきて、見るものの一つ一つが彼を感慨にふけらせた。しかし時折、どうしたわけか、何かしら不吉な思いが彼の胸をよぎっていった。ユゴーとジュリエットはパンプローナにまで足をのばし、それから帰路についた。二人は九月九日にロシュフォールに着いた。

彼らはそこで一休みするために、目についた「カフェードールーロップ」という喫茶店に入った。ビールを注文したのち、二人はテーブルに置いてあった新聞を手にとった。スペインを旅行していた二人は、フランス語の新聞を見るのは久しぶりだったのである。ジュリエットは娯楽新聞の《シャリヴァリ》を読みかけたが、ふと見ると、ほかの新聞を見ていたユゴーの手が激しくふるえている。とつぜんユゴーは、彼女にその新聞をつきつけて、しめつけられたような声で、「たいへんだ、たいへんなことが起こった！」と叫んだ。「わたしは思わず目をあげてあのかたを見た。あのけだかいお顔に現れたなんとも言いようのない絶望の色。わたしはそれを一生けっして忘れはしないでしょう。ついさっきまでは、にこにことしてお幸せそうだったのに、それがものの一秒とたたないうちに、いきなりあのように打ちひしがれておしまいになろうとは。」（国立図書館所蔵、ジュリエット＝ドルーエの『日記』）

ユゴーが手にした新聞は九月七日付の《シエークル》紙だったが、そこにはルーアーヴルで幸福な新婚生活を送っているはずのレオポルディーヌの死が報じられていたのである。九月四日に、新婚のシャルル＝ヴァクリーとレオポルディーヌはヨットでセーヌ河を帆走したが、ヴィルキエ近くにさしかかったとき、一陣の風が吹いてきて、ヨットはあっというまに転覆してしまった。泳ぎを知らぬレオポルディーヌはしばらく船体にかじりついていたが、とうとう水に呑みこまれてしまった。夫のシャルルは泳ぎのうまい男だった。彼は水に呑まれたレオポルディーヌを救おうとして、三度水の中に潜ったが、それっきり浮きあがってこなかった。彼らの死体はひきあげられ、ユゴーの不在のままに、九月六日にヴィルキエの教会の墓地に埋葬された。

新聞を読んだユゴーは駅馬車を乗り継いで大急ぎでパリに帰った。ユゴーは旅行のときにはいつも折々の感想をしたためるノートをもっていたが、パリに帰る駅馬車の中でそのノートの中に、はらわたからしぼり出される絶叫のような詩句の断片を書きつけた。ユゴーがそうした断片を、形のととのった詩にするようになったのは、やっと三年ほどたった一八四六年ごろからである。

神よ、私はもうあなたを責めません、呪いません、
だがせめて、泣くことはお許しください！

ああ！　お許しください、まぶたから涙が流れ出るのを。

あなたは、そのように人間をつくられたのですから！
お許しください、この冷たい墓石の上に頭を垂れて、わが子に、
「私がいるのがわかるかい？」と声をかけることを。
……
お認めください、子供がこの世から消えてしまうのを見るのは、
　なんと悲しいことであるかを！

（『静観詩集』第四編、一五「ヴィルキエで」）

スキャンダル　一八四五年七月五日の明けがた、ヴァンドーム区の警部がサン－ロック通りの人目につかない、とあるアパルトマンの一室に、法の名のもとにふみこんだ。オーギュスト＝ビヤールという画家の請願にもとづいたもので、彼の妻レオニーの姦通現場をおさえるためだった。当時姦通はきびしい刑罰を科せられることになっていた。レオニーの姦通の相手は貴族院議員で、議員の不可侵権をたてに、逮捕されることを拒否した。警部は少しためらったのちこの議員を釈放したが、ビヤール夫人の方は姦通の現行犯で監獄に送りこまれた。

このビヤール夫人の姦通の相手が、なんとユゴーだったのである。彼は議員になってまだ三ヵ月もたっていなかった。ユゴーは現場での逮捕は免れたが、オーギュスト＝ビヤールから告訴を受け

たために、この事件はたいへんなスキャンダルになってしまった。ユゴーは「人の噂も七五日」とばかり沈黙戦術に出、公的活動から遠ざかってひきこもってしまった。そのために、議会で政論家として華々しくデビューしようとしていた彼の野心は、最初から挫折してしまったのである。

このころのユゴーの女性関係はひどく乱れたものになっていた。娘の悲劇的な死を忘れるためだろうか、それともパリの名士になりあがって上流社会の悪風に染まってしまったのだろうか、ユゴーはもうジュリエットだけでは満足できなくなり、さまざまな女性のあいだを遍歴するようになっていたのである。レオニーもそんな女性の一人だったが、姦通が明るみに出て夫から離縁された彼女は、生活費にもことかくようになった。そんなわけで、彼女が監獄から出たのち、ユゴーは生活のめんどうも見なくてはならなくなった。こうして、旧姓にもどったレオニー＝ドーネは、ユゴーの「第三夫人」になったのである。

ユゴーに命じられたとおり、部屋にとじこもって世間とは没交渉に暮らしていたジュリエットの耳には、長いあいだ、この事件の噂は流れてこなかった。驚くべき無知と信頼ぶりである。それにジュリエットの身にはまもなく、もっと悲しいことが起こったのだ。二〇歳になった娘クレールの死である。実の父親から認知を拒否されたクレールは、ユゴーを父親のように慕っていた。それに、娘を三年まえに失っていたユゴーは、嘆き悲しんでいるジュリエットの姿を見ると、とても他人事には思えなかった。ユゴーとジュリエットの仲は少し冷めかけていたが、この共通の悲しみを分かつことによって、二人はふたたび心を溶けあわせたのである。ユゴーは、処女のままに死んだクレールを悼む美しい詩をいくつか書いている。

夜が明けそめるころ、娘は昇天して行った、
曙の光のように、青い空のかなたに、清らかなままに。
夢のくちづけしか知らなかった唇、
神のしとねにしか眠ったことのない無垢《むく》の魂！

（『静観詩集』第六編、八「クレール」）

クレールの姿とレオポルディーヌの姿は、ユゴーの追憶の中で混然と溶けあったのである。情欲の沼の中にとらわれていたユゴーは、二人の清らかな少女の姿に、彼の汚れた魂を清めて魂を救済する天使の姿を見出そうとしたと言えるだろう。

一八四三年以後長いあいだ、ユゴーは一つの作品も発表していない。しかし彼はこのあいだもこれまでいくつか引用したような美しい叙情詩を書いていた。こうした詩編はのちに『静観詩集』に収められることになる。また彼はこのころ、一つの壮大な叙事詩とでも言うべき小説を構想していた。この小説は『レ・ミゼール』という題だった。全五編からなるこの作品は、一八四五年から書

きはじめられ、四八年には第四編の途中まで書きあげられていた。ところで御承知のように、一八四八年二月二二日には、パリに銃声がおこる。二月革命である。作品はそこで中断され、ユゴーは革命の騒ぎの中にとびこんで行った。

四、クーデターに抵抗して

二月革命と第二共和政　第二共和政というのは一八四八年の二月革命によって始まり、五二年一二月のナポレオン三世の即位をもって終わることになる時代をさす言葉である。この時代のユゴーの政治的行動や政治意識の変化については第Ⅱ部で詳しく述べることになるので、ここではこの時期のユゴーの行動を簡単に述べることにしよう。

一八四八年二月二二日には、周知のように二月革命が勃発した。この革命の中心的な勢力になったのは《ナショナル》紙に拠った穏健共和派（マラストなど）と《レフォルム》紙の社会主義的な色彩をもった急進共和派（ルドリュ－ロランなど）、さらにその左翼に位置する社会主義共和派（ルイ＝ブランなど）であった。七月王政末期にフランスを襲った経済不況に苦しみ、戦闘的になっていたパリの民衆がそうした勢力の後楯になって、二月革命が遂行されたのである。二月二四日にはルイ－フィリップは孫のパリ伯に譲位して、イギリスへ逃亡してしまった。王党派や穏健共和派の一部はオルレアン公妃の摂政制を支持して、七月王政を継続しようとした。しかし、経済不況のためにぎりぎりのところまで追いつめられて戦闘的になっていたパリの民衆は、もう王政の継続を望んではいなかった。貴族院議員ユゴーは、武装した労働者でいっぱいになったバスチーユ広場で、オルレアン公妃の摂政制を支持する演説を行ったが、「王も王妃もたくさんだ！」とか、「貴族院議員などくたばれ！」と叫ぶ群集をまえにして、むなしくひきさがらなければならなかった。

一方パリの市庁舎では、そのころラマルチーヌなどの穏健共和派が集まって協議していた。そして、王政の継続を望まない民衆の動向をよく理解していたラマルチーヌはついに、公妃の摂政制を退けて、共和政を宣言したのである。ルイ＝ナポレオンによる一八五二年一二月の第二帝政成立まで五年足らずの短命に終わる第二共和政のはじまりである。

ラマルチーヌは共和政宣言と同時に穏健共和派を中心にした臨時政府を組織し、自らも外務大臣となって政府の事実上の指導者となった。この臨時政府にはルイ＝ブランなどの社会主義的な共和派も参加しており、当時としてはかなり進歩的な政府であった。ルイ＝ブランの提案によって、失業した労働者を救済するための「国立仕事場《アトリエーナショナル》」のような社会政策を行ったのもこの臨時政府である。ただこの「国立仕事場」は、ルイ＝ブランの構想どおりには実現しなかったことを申し添えておこう。ルイ＝ブラン自身は現在の国営企業のようなものを考えていたのだが、そうしたあまりに進歩的すぎる構想は時代の状況に受けいれられず、ルイ＝ブラン自身も妥協を余儀なくされ、「国立仕事場」といっても失対事業のようなものしか実現できなかったのである。

しかし四月に行われた立憲議会の総選挙で、保守的な農村票のために社会主義的な共和派が敗北すると、政府に対する労働者の影響力は一ぺんに後退してしまった。ルイ＝ブランは政府から追い出され、彼の提案した社会政策も次々と放棄されるようになった。それと同時にラマルチーヌの勢力も衰え、比較的保守的な穏健共和派が議会や政府を牛耳るようになった。

こうしたことに不満をもったパリの労働者は六月に蜂起し、最後の反撃を試みようとした。国立仕事場の廃止に端を発したこの事件は「六月事件」と呼ばれている。六月事件は穏健共和派のカヴェニャック将軍によって徹底的に弾圧され、パリの社会主義勢力は壊滅的な打撃をうけてしまった。

ところで、六月事件の少しまえに立憲議会の補欠選挙が行われているが、ユゴーもこの選挙に立候補し、王党派の支持を受けて当選した。六月事件のさいにはユゴーは、議会の派遣委員のひとりとして軍隊に同行し、命を的にしてバリケードのまえに出て行って、労働者に降服を勧告した。しかしこのとき、彼はカヴェニャック将軍の強圧的な民衆弾圧ぶりを見て、これ以後、戒厳令司令官として権力を握ったカヴェニャック将軍に反対する立場をとるようになったのである。

ルイ＝ナポレオンのクーデター　議員となったユゴーは議会で活発に演説を行う一方、八月一日には息子のシャルルやフランソワ＝ヴィクトル、それに弟子のオーギュスト＝ヴァクリーに《エヴェヌマン》紙を創刊させた。自分の政治機関紙をもつようになったわけである。ところ

ルイ－ナポレオン

で、このころのフランス政界の焦点はなんといっても、一二月に予定されていた第二共和政初代大統領の選挙であった。この選挙の有力な候補としては、穏健共和派のカヴェニャック将軍、急進共和派のルドリュ－ロラン、王党派のシャンガルニエなどがいたが、ラマルチーヌも民衆のあいだでの人気を頼りに、立候補するつもりでいた。ユゴーの《エヴェヌマン》紙は最初のうちはラマルチーヌを支持していたが、そのうち一〇月ごろからは新しい人物を熱烈に支持するようになった。ナポレオン一世の甥のルイ－ナポレオンである。

　ユゴーがルイ－ナポレオンに接近するようになるいきさつについては、第Ⅱ部で述べることにする。それはともあれ、一二月一〇日に行われた大統領選挙でルイ－ナポレオンは王党派から労働者までの幅広い支持を受け、地すべり的な大勝利を収めた。

その結果は次のとおりである。

ルイ－ナポレオン	五四三万四二二六票
カヴェニャック将軍	一四四万八一〇七票
ルドリュ－ロラン	三七万〇一一九票
ラマルチーヌ	一万七九四〇票

ところが、ルイ－ナポレオンが大統領になってからは、ユゴーは失望させられることが多かった。六月事件以後、

議会はどんどん保守化し、やがて王党派が大きな勢力を占めるまでになった。大統領になったルイ－ナポレオンは、そうした議会と妥協せざるを得なかったのである。ところで、ユゴーの方は、最初のうちこそ王党派と手をつないでいたが、しだいに王党派と敵対するようになっていた。そんなユゴーにとって、大統領の王党派との妥協は不快に感じられたのである。ルイ－ナポレオンの方でもしだいにユゴーの現実ばなれのした態度を敬遠するようになった。

その後一八五一年になると、ルイ－ナポレオンは大統領の再選を禁じている憲法の条文を改革しようと試み、彼の野心を露わにするようになった。憲法改革の試みは失敗に終わったが、大統領のこうした不誠実な態度を見たユゴーは、英雄大ナポレオンのこの甥がとんでもないくわせもので、卑劣な権力の亡者にすぎないと考えるようになったのである。そんなわけで、ユゴーは議会で激しくルイ－ナポレオン攻撃をするようになった。その結果、議員であるユゴー自身にこそ危害は及ばなかったが、彼の新聞《エヴェヌマン》はしばしば発行停止処分になり、記事の執筆者であるシャルル、フランソワ－ヴィクトル、弟子のオーギュスト＝ヴァクリーなどは投獄されてしまった。

憲法改革に失敗したルイ－ナポレオンは、野心を実現するために、もう一つの手段を着々と準備していた。彼は一八五一年一二月二日の未明、議会の有力議員のもとに警官を送って議員を逮捕させ、要所要所には軍隊を動員した。軍事クーデターである。ユゴーは辛くも逮捕を免がれ、左翼の議員数人とともに抵抗委員会を組織して、民衆に武装蜂起を呼びかけた。

「ルイ＝ナポレオンは裏切者である。彼は憲法をふみにじった。彼は今や法律の保護の外にある。……民衆はその義務を果たすべし。共和派議員は民衆の先頭に立って歩むであろう。武器を取れ！　共和国万歳！」（『言行録（亡命以前）』「一八五一年一二月二日」）

しかし、民衆の反応ははかばかしくなかった。あちこちで散発的にバリケードが築かれたが、蜂起した労働者の数は少なかった。一二月四日にはもう勝敗の決着がついた。抵抗運動は失敗に終わったのである。

抵抗運動のあいだユゴーの身がずっと危険にさらされていたことは言うまでもない。ジュリエットはそんなユゴーのあとを、しじゅう影のようにつけていた。彼女はユゴーが銃口にさらされでもしたら、自分が身を投げだしてユゴーの代わりに銃弾をうける覚悟でいたのである。

抵抗運動が挫折したので、ユゴーは、パリから身をくらませなければならなかった。ユゴーの首には賞金がかかっているという噂さえ流れていたのだ。ジュリエットは知り合いのランヴァンという男に頼んで、ランヴァン名義のパスポートを手に入れてもらった。ユゴーはこのパスポートをもって一二月一一日の夜パリ北駅を発ち、翌日の夜明けにベルギーのブリュッセルに着いた。もちろんジュリエットもユゴーのあとを追って、次の日にブリュッセルにやってきた。パリ北駅を発ったユゴーは、それから一九年もの長いあいだ、パリをその目で見ることができなくなろうとは、おそらく思わなかっただろう。

抵抗運動を鎮圧したルイ－ナポレオンは翌一八五二年には国民投票で帝政を承認させ、一二月二日、ナポレオン三世として即位した。第二帝政のはじまりである。

亡命生活のはじまり

ブリュッセルでのユゴーの生活ぶりはおどろくほど質素であった。ブリュッセルに着いてそうそう、ユゴーはパリに残っていた妻アデールに次のような手紙を送っている。「ぼくは修道士みたいな質素な生活を送っている。とてもちいちゃなベッドが一つ。わらを詰めた椅子が二つ。火の気のない部屋。一日の経費は何もかもひっくるめて、たった三フランと五スーだ。」（一八五一年一二月一四日付）ユゴーはこんな質素な生活をおもしろがってさえいるようだった。パリでのぜいたくで軽薄な社交生活に比べれば何もかもが対照的なブリュッセルでの生活は、ユゴーに貧しかった青年時代を思い出させた。そして彼は、若いころと同じような生き生きとした気力が湧きあがってくるのを感じるのだった。

ブリュッセルに着くと、ユゴーはすぐさま一冊の本の著述に没頭しはじめた。それは『一二月二日の物語』という題で、ルイ－ナポレオンのクーデターの回想録だったが、資料不足などのために、途中でほうり出されている。また翌年には、ユゴーは『小ナポレオン』（一八五二）という政治的な小冊子を書いている。この小冊子は政敵ルイ－ナポレオンに対するすさまじい罵倒攻撃の書であった。フランスを逃亡して亡命したユゴーは、共和国議員としての彼の義務はまだ終わっていないと考えていた。一二月二日のクーデターをその目で実際に見た歴史の証人として、ルイ－ナポレオンの「犯罪」を歴史のまえで証言し糾弾することが、亡命した共和国議員である彼に課せられた一番の責務だと考えていたのである。

『小ナポレオン』が出版されればベルギーに居づらくなることは明らかだった。ベルギーはなにしろ大国フランスにくっつくように存在していた弱小国だったので、フランスの圧力に対しては弱い立場にあったからである。またユゴーは、パリに残っていた家族の心配もしなければならなかった。そこで彼は、イギリス海峡にある英領の島ジャージー島に移り住むことにし、家族もそこに呼びよせようと思った。

ジャージー島

ユゴーはジュリエットと、半年ほどまえから彼のもとに来ていたシャルルを連れてブリュッセルを発ち、ロンドンを経由して一八五二年八月五日に船でジャージー島に到着した。妻のアデールと次女アデールはすでにこの島に着いていた。まもなく三男のフランソワ－ヴィクトルもジャージー島に着き、ユゴー一家は勢揃いした。

ホテル住まいなど長く続けられるはずもなかったので、ユゴーはマリーヌ－テラスという名前の家を借りることにした。このマリーヌ－テラスの近くには幽霊が出没するという噂があったので、妻のアデールは嫌がったが、ユゴーは反対を押しきって、そこに住むことに決めてしまった。彼は、この家が海岸のすぐそばにあって、荒々しい海の光景を家の中から毎日眺められるので、ここがすっかり気に入ってしまったのである。

ちなみに『小ナポレオン』は、ユゴーがジャージー島に到着した八月五日にブリュッセルで刊行された。そして、ルイ＝ナポレオンの警察に押収される危険をおかしながらも秘かにフランスにもちこまれ、多くの人びとから愛読されたのである。

ユゴーが移ってきたころ、ジャージー島は夏の花盛りであった。島に到着してまもない八月二九日、ユゴーは亡命仲間のシャラス大佐に宛てて次のような手紙を書いている。「もしこの世にすてきな亡命地などというものがあるとすれば、ジャージー島こそ魅力的な亡命地でしょう。まるで、海のまん中に浮かんだ、三〇キロ四方の緑の土地のベッドの上で、荒々しいものと快活なものが結婚したような景色です。……噂では、私の小さな本（『小ナポレオン』のこと）はフランスに浸透し、一滴一滴、ボナパルトの上に水のしずくのように落ちているということです。……私がここに来てから、光栄にも、サン＝マロでは税関吏や憲兵やスパイが三倍にふやされたそうです。あのボナパルトのばか者は、この本の上陸を阻止するために、銃剣を並べたてているのです。」

『小ナポレオン』という砲弾をルイ＝ナポレオンにむけてぶっぱなしたユゴーは、もう一つの砲弾を準備中だった。一八五三年一一月に刊行される『懲罰詩集』である。『小ナポレオン』で散文によってルイ＝ナポレオンを批判し罵倒したユゴーは、こんどは韻文で同じことをしようとしたのである。この詩集に収められた詩編「最後のことば」(第七編、一四)は、一八五二年一二月にナポレオン三世が出した亡命者に対する特赦令を機会に制作されたものだが、そこには、この特赦令を拒否して、最後のひとりになるまで亡命地にふみとどまろうとする詩人の決意が力強くうたわれている。

わたしはつらい亡命を受けいれる、たとえ、果てしなくつづこうとも。
……
もう千人しか残らなくなっても、よし、わたしはふみとどまろう!
もう百人しか残らなくなっても、わたしはなおスラ(ローマの独裁官)に刃向かおう。
一〇人残ったら、わたしは一〇番目の者となろう。
もう、ひとりしか残らなくなったら、それこそはこのわたしだ!

亡霊の島

さきほど引用したシャラス大佐への手紙でもわかるように、一八五二年八月に来島したユゴーは、夏のジャージー島の美しい景色を見て、この島がすっかり気に入ってしまった。しかし、冬に向かうにつれて、ジャージー島はもう一つの顔、つまり濃霧におおわれた暗く陰気な姿を見せるようになった。後年出版された評論『ウィリアム・シェイクスピア』(一八六四)

ジャージー島の岩の上のユゴー

ではユゴーは、彼が住んでいたジャージー島のマリーヌーテラスのことを次のように記している。「この家は白くて重い立方体で、……墓のような形をしていた。」（第一部、第一編、一）

灰色の景色一色になったジャージー島は、ユゴーには何か亡霊の住みかのようなものに見えてきた。島の岩の上に腰かけて荒々しい自然を眺めているうちに、彼は神秘が自分のまわりをとり囲んでくるように感じるのだった。雨と霧の季節の中で、対岸を凝視《ぎょうし》しながら創作にいそしむユゴーの姿は、まるで超自然の存在と対話でもしているようだった。そしてまもなくユゴーは、実際に超自然的存在と対話する機会をもつのである。

一八五三年九月六日にジラルダン夫人という一人の女性がジャージー島に上陸して、ユゴー家を訪問し、何日か滞在した。このジラルダン夫人というのは、若いころロマン主義のはなやかな時代に、文学者仲間から「ミューズ・フランセーズ」と呼ばれてその美しさをうたわれた女流詩人デルフィーヌ＝ゲーで、ユゴーの一番古い女友達の一人だった。彼女はそのころパリで流行していた「話すテーブル」を使う交霊術の熱心な信奉者になっていたのである。

交霊術というのは小さな台を使ってやる占いの一種で、日本にもある「こっくりさん」と同じようなものだと考えていただいて、さしつかえない。

ジラルダン夫人はユゴー家の人びとに、交霊術をやってみるようにしきりに勧めた。最初の日の晩餐がすんでから、さっそく交霊術の実験が始められたが、テーブルは少しも動くようすを見せなかった。その後も幾晩か実験は続けられたが、やはり無駄だった。交霊術などはじめから信用していなかったユゴー家の人びとは、それ見たことかとばかり、にが笑いをしはじめた。しかし、ジラルダン夫人はむっとして、「亡霊は辻馬車の馬ではありませんから、お客さんの都合などいちいち気にしたりはしません」(アンドレ＝モロワ『ヴィクトル・ユゴーの生涯』第八部、三)と、負け惜しみを言ったりするのだった。

だが、ついに九月一一日、テーブルは動きはじめた。ジラルダン夫人が「あなたは誰だ?」ときくと、テーブルは「レオポルディーヌ」と答えた。いあわせた者はみな茫然とした。アデール夫人は感動で涙を流しはじめた。ヴィルキエで溺死した愛娘《まなむすめ》の霊が現れたこの夜以来、ユゴーもユゴー家の人びともすっかり交霊術に夢中になってしまった。ジラルダン夫人はこのあとしばらくしてパリに戻ったが、ジャージー島の交霊術の会はその後も一八五五年一〇月まで続けられた。そうした会では、「話すテーブル」を通じて、モリエール、シェイクスピアなどの文学者、マホメット、キリストなどの宗教の教祖、それに「観念」だとか「演劇」だとかいった抽象的存在までが現れ、質問に答えて未来の予言をしたり、宗教的教義を啓示したりしたのである。

この交霊術の会はユゴーに大きな影響を与えた。亡霊たちが、ほかならぬこの自分のところに足繁く現れると考えると、ユゴーは何か自分が超自然の世界から特別に選ばれた人間のように思えてくるのだった。そのうえ、亡霊たちはテーブルの中にだけ閉じこもっているのではなく、夜中に、誰もいない部屋に灯をつけたり、午前三時に玄関のベルを鳴らしたりした。ユゴーはすっかり、自分が亡霊にとり囲まれて生活しているのだという気になってしまった。こうして亡命の島ジャージー島は、奇怪な存在が徘徊《はいかい》する亡霊の島となったのである。

ユゴーの作品に対する交霊術の影響はすこぶる大きい。まもなく出版される『静観詩集』（一八五六）には、交霊術の啓示から直接に想を得た神秘的詩編が数多く収められているし、また、一八五四年から五七年にかけて、ユゴーは『サタンの終わり』や『神』といった宗教的叙事詩を書いている。『サタンの終わり』と『神』は結局生前には完成されず、ユゴーの死後に未完のまま刊行されたが、こうした作品には、神秘の奥深くわけ入ろうとする詩人の意欲がよく現れており、感動的でさえある。もともとユゴーには、神秘的なものを好む傾向があったようである。ユゴーが青年時代に出版した『アイスランドのハン』という小説にはすでに暗い幻想や民衆の土俗的信仰や迷信に対する関心が認められる。また、ユゴーは亡命以前から、サン＝マルタンやバランシュなどの神秘思想家や、サン－シモン、フーリエなどの社会思想家の神秘的側面に大きな関心を寄せつづけていた。亡命時代の神秘主義的作品は、ユゴー本来の神秘を好む傾向と、そうした思想家の影響が、交霊術の刺激のもとに、大きく開花したものと言えるだろう。

ユゴーはこうした俗世間ばなれのした思索にふけりながらも、現実との闘争もなおざりにしなかった。彼はジャージー島の亡命者仲間の中で生活に困る者がいればそれに援助をしていたし、また必要とあれば、こうした仲間と政治的行動をともにしていたのである。

一八五三年に始まったクリミア戦争でイギリスはフランスと同盟した。この同盟を機会としてナポレオン三世はイギリスのヴィクトリア女王を訪問し、一八五五年八月にはヴィクトリア女王も答礼の意味でフランスを訪れた。このイギリスとフランスの同盟を快く思わなかったフランスの亡命者が、ヴィクトリア女王を中傷する記事を書いたが、この記事が、ジャージー島で亡命者たちが発行していた新聞《オム》に掲載された。ジャージー島民はこれを憤り、この新聞の編集長などを島外追放処分にしてしまった。

ジャージー島にいた亡命者たちはこれに対抗するために、ユゴーの自宅マリーヌ－テラスに集まって、《オム》紙の編集長たちの追放処分に対する抗議文をつくった。この抗議文には三六人の人たちが署名したが、ジャージー島の当局はうるさ方を始末する好機到来とばかり、この人たち全部の追放を決定してしまった。ヴィクトル＝ユゴーの名は被追放者名簿の冒頭に記されていた。

オートヴィル-ハウスと庭

こうしたわけで、ユゴー家の人びとはジャージー島を去らなければならなくなった。ユゴー一家はジャージー島の隣りの島ガーンジー島に移った。一八五五年一〇月三一日のことである。

ガーンジー島のユゴー　ユゴーがガーンジー島に移った翌一八五六年の四月には、さきに述べた『静観詩集』が出版された。これは亡命直後に出版された『小ナポレオン』や『懲罰詩集』などと違って、政治には関係のない純粋な叙情詩集だったので、フランス国内でも大っぴらに売ることができた。そんな事情もあって、この詩集は驚異的な成功を収め、ユゴーに莫大な収入をもたらしたのである。

ユゴーは『静観詩集』の印税でガーンジー島にオートヴィル-ハウスという名の家を買うことにした。期待に反して、ナポレオン三世の体制がなかなか揺ぎそうになかったので、ユゴーは亡命生活が長びくのを覚悟しなければならなかった。彼は、仮住まいではなく、自分の持ち家で創作活動に専念し、ナポレオン三世の没落を気長に待つことにしたのである。

オートヴィル-ハウスは今も残っていて、現在は記念館になっている。セントーピーター港から島の中心の頂上に向かって登っていく坂道の左手に建っているが、建坪は延べ二、三百坪はあろうか、亡命者が住む家としては驚くべき豪勢な建物である。ユゴーは一八七〇年にナポレオン三世が没落するまでの一四年間、この家に暮らすことになるが、そのあいだに、土地の大工を助手にして、自分の好みにあうようにこの家を飾りたてている。

ところで、ガーンジー島でのユゴー一家の生活ぶりはどのようなものだったのだろう？　孤島の亡命生活というのはけっして楽なものではない。ましてや、パリの社交界の生活に慣れたユゴー家の人びとにとって、吹きすさぶ風やうち寄せる波を相手に暮らすというのは、この上もなくわびしいことだった。ユゴー自身はそんな生活に十分満足していた。絶え間なくわきあがる霊感と一日中つきあって、飽きることがなかったのだ。しかし、家族の者たちはそうはいかなかった。

アデールの恋

中でも次女のアデールの物語は憐れである。ちょうど年頃になったころにパリを離れて、亡命生活に閉じこめられた彼女は、ピアノをひく以外、これといった気晴らしもなかった。結婚相手もない孤独な彼女は、やがてヒステリーの発作を起こすようになった。娘のそんな精神状態を心配したユゴー夫人は一八五八年一月に、アデールを連れてパリに出かけ、娘の憂鬱をまぎらせようとした。二人は四ヵ月ほどパリに滞在し、五月になってやっとガーンジー島に戻ってきた。

自分自身は充実した生活を送っていたユゴーは、家族がどうして憂鬱な気分になるのか少しも理解できなかった。そんなわけで彼は、家族の者がガーンジー島から出ていくのをなかなか許そうとはしなかった。しかし、一度こんな先例ができると、孤島の亡命生活に飽きていたユゴー夫人やシャルルは、パリやブリュッセルに頻繁に旅行するようになり、オートヴィル＝ハウスを留守にしがちになった。

次女アデール

そうした中で、三男のフランソワ＝ヴィクトルだけは比較的父親に忠実だった。それに、彼には熱中している仕事があったのだ。一八五六年からシェイクスピア全集の仏語訳を手がけていたのである。しかしそのフランソワ＝ヴィクトルも、一八六五年一月に、婚約者がガーンジー島で死ぬと、心の傷みをいやすために島を離れてしまった。それ以後、ユゴー夫人、シャルル、フランソワ＝ヴィクトル、この三人はブリュッセルに家を構え、ガーンジー島にはめったによりつかなくなった。シャルルはまもなくブリュッセルでアリス＝ルエーヌという娘と結婚している。ユゴーは一人ぼっちになってしまった。というのも、次女のアデールも家出してしまっていたからである。

ユゴー夫人は一八五八年以来、アデールに気晴らしをさせようとして、頻繁に旅行に連れだしていたが、彼女のヒステリーの発作はこうじるばかりで、まもなく本当の神経症にかかってしまった。やがてアデールは、ユゴー家に出入りしていたイギリス士官のアルバート＝ピンソンを自分の婚約者だと思いこむようになった。彼女はもちこまれた縁談を次々に断わり、一途《いちず》にピンソンのことを思いつめるが、ピンソンがカナダに配属換えになると、彼を追って家出し、カナダに渡ってしまった。一八六三年六月のことである。

アデールはカナダから手紙を送ってピンソンと結婚したと知らせてきたので、ユゴーはしぶしぶながら、二人の結婚を認めることにした。ところがこれは、精神の均衡を失ったアデールの妄想にすぎなかったのである。ピンソンはアデールと結婚する気など最初からなかった。それどころか、すでに他の女性と結婚していて、子供まであったのである。狂ったアデールはそんな現実を受けいれようともせずに、ひたすらピンソンのまわりにつきまとっていた。

アデールは一八七二年に黒人女に付き添われてようやくフランスに戻って来るが、サン－マンデの精神病院に入れられ、そこで、一九一五年四月二一日に八四歳で死んでいる。

「自由が祖国に戻るとき」　このように、ガーンジー島のユゴーの生活はだんだんと淋しいものになっていった。そんなユゴーに最後まで忠実だったのがジュリエットである。彼女は、家族がユゴーを見棄てがちになるのを歓迎していたとさえ言えるだろう。というのも、亡命の孤独の中で、やっとユゴーを一人占めにできるようになったのだから。とはいえ彼女は、ユゴー夫人の留守をいいことに、ユゴーの家に移り住んだり、この家を訪問したりするというようなことは決してしなかった。彼女はそんなことをすれば、何か神聖なものを冒瀆《ぼうとく》することになると考えていたのである。そうした意味では、一生、ユゴーの愛人でいることに満足したジュリエットも、家庭を神聖なものだと考えていたユゴーのブルジョア的な考え方を共有していたと言えるだろう。彼女はユゴーからあてがわれたオートヴィル－ハウスの近くの家に閉じこもって恋人の原稿を整理したり、ユゴーが訪問してくるといっしょに散歩に出かけたりするのだった。一八五八年の夏、ユゴーが癰《よう》を病んで生死のあいだをさまよったときにも、ジュリエットは自分で見舞いにゆくことは差し控えて、心配で気が狂いそうになりながら、卵や包帯用のメリヤスを女中のシュザンヌにもたせてやり、恋人の様子を聞いていたのである。

一八五九年八月一六日、ナポレオン三世はふたたび被追放者に対して特赦令を出した。亡命者の中には長い亡命生活に疲れ、この特赦令を受け入れて帰国するものも多かったが、ユゴーの闘志は少しも衰えていなかった。ユゴーは特赦令を拒絶して、つぎのように述べている。「私は自分の良心に対して行った誓いを忠実に守り、追放された自由と最後まで運命をともにするであろう。自由が祖国に戻るとき、私もまたフランスに戻るであろう。」（『言行録（亡命時代）』一八五九－一）

こうしたユゴーの態度はフランスの理想家肌の若い詩人たちを感激させ、ユゴーはそうした人びとから「あの島にいる我らの父」とか「民主主義の祖父」とか呼ばれたのである。かつてのエルバ島のナポレオンと同様に、ガーンジー島のユゴーも、パリから遠く離れていてもなお、フランスの人びとの関心の的でありつづけたのである。いやむしろ、エルバ島のナポレオンより影響力は強かったと言うべきであろう。なにしろユゴーは、ガーンジー島からパリに向けて、次から次へと新しい本の砲弾を打ちつづけていたのだから。

ナポレオンの特赦令から一月たった九月二六日にも、ユゴーは叙事詩集『諸世紀の伝説』（第一集）を出版している。この詩集はのちに第二集（一八七七）と第三集（一八八三）が出版されているが、叙事詩の傑作に乏しいフランス文学の中にあって、きわめてすぐれた位置を占めている。また一八六〇年四月からは、二月革命のために中断された社会小説『レ・ミゼール』に再びとりかかり、一八六二年三月から六月にかけて、『レ・ミゼラブル』と改題してこの小説を出版している。発売と同時に『レ・ミゼラブル』は大変な評判になり、発売日には人びとが本屋に殺到して、初版は幾日も経たないうちに売り切れてしまった。職場では、労働者たちが二〇スーずつ出しあって、この本を買ったとも言われている。この小説の大衆のあいだでの人気は、とにかく絶大なものであった。

亡命時代に、ユゴーは、このほかにも、評論『ウィリアム・シェイクスピア』（一八六四）詩集『街《まち》と森の歌』（一八六五）小説『海に働く人びと』（一八六六）と『笑う男』（一八六九）など数々の傑作を発表している。二〇年たらずの亡命時代は、作家ユゴーの一番あぶらののりきった時期だと言えるだろう。

五、共和主義のシンボル

官僚群と警察力と軍事力を背景に強力な体制を誇ったさしもの第二帝政も、後期にはいると、しだいにかげりを見せるようになってきた。経済不況が頻繁におこり、またメキシコ遠征（一八六一〜六七）の失敗は第二帝政の威信を深く傷つけた。こうしたことからナポレオン三世は、それまでは抑圧する一方だった自由主義勢力と、次第に妥協しなければならなくなっていった。とりわけ一八六七年から六八年にかけて、そうした自由主義への譲歩が著しく見られた。一八六七年には議会の討論の自由が回復され、翌年には出版・言論の自由が拡大されている。

妻の死と普仏戦争

一八六七年にパリで『エルナニ』が再演され、警察の干渉もなしに無事に終わったのは、いま述べたような事情と無関係ではない。一八五一年のクーデター以来、フランスでユゴーの劇が上演されるのははじめてのことであった。

『エルナニ』の再演が決まったとき、ユゴー夫人アデールはパリに来ていた。このころはもう、ほんのたまにしかガーンジー島に顔を出さなくなっていたのである。彼女はかなり健康を害していたが、『エルナニ』の再演にはぜひとも立ち会いたいと思っていた。「私はもう余命いくばくもありませんから、冥途《めいど》の土産に、せめて『エルナニ』の再演を見ておきたいのです。この劇は私にとって美しい青春時代の思い出なのですから。このまたとない機会をどうしてとり逃せましょう！　いいえ、とんでもございません。それに、私の予想では、『エルナニ』はやじられるようなことはないと思います。でも、もし騒ぐような連中がいたら、私にはそういう人たちに立ち向かって戦う自信があります。」（ギュスターヴ＝シモン『ある女の一生』九「晩年」）

アデールは一八三〇年の「エルナニ合戦」をもう一度、しかもたった一人でやるつもりだったのだ！　しかし、そんな心配をする必要は少しもなかった。劇の最初から終わりまで拍手はひきもきらなかった。観客があまり熱烈に「ユゴー万歳」「被追放者万歳」という歓呼の叫びをあげるので、これが政府の心証を害して、上演禁止のうき目を見はしないかと、再演の主催者が心配したほどだった。徐々に不人気になってゆくナポレオン帝政に対する鬱憤を、人びとは亡命者の劇に拍手を送ることではらしたのだろうか？　ともあれ、『エルナニ』の再演は大成功を収めたのである。

『エルナニ』の再演と同じ年にユゴーは、はじめて「おじいちゃん」になった。一八六五年にアリス＝ルエーヌと結婚していた次男のシャルルに、長男ジョルジュが生まれたのである。この子供は不幸なことに、まもなく病気で死んでしまうが、翌年の一八六八年にはまた男の子が生まれ、これもまたジョルジュと名づけられた。なお一八六九年には、その妹にあたるジャンヌが生まれている。

こうした喜びの一方で、ユゴーは手ひどい不幸にみまわれることになる。一生の伴侶だったアデールが世を去ってしまったのである。一八六八年の夏、ユゴーの一家全員が久しぶりに、ブリュッセルで再会したときのことであった。アデールを収めた柩はフランスに送られることになった。ユゴーもフランスの国境まで柩に付き添っていった。そこから先は、彼には禁じられた土地なのだ。アデールの遺骸は、ヴィルキエにある娘のレオポルディーヌの墓のそばに葬られた。

ナポレオン三世が自由主義と妥協せざるを得なくなってきたのを見て、ユゴーは帝政の最期が近いことを嗅ぎとった。一八六九年の五月にはシャルル、フランソワ－ヴィクトル、ポール＝ムーリス、ヴァクリーなどの手で《ラペル》という新聞がつくられたが、背後にユゴーの援助があったのはもちろんである。この新聞はおもしろいうえに、盛んに政府攻撃をくり返したので、たいへん成功した。しかし政府側も弾圧を加え、編集者は投獄されたり重い罰金を科されたりした。つまり第二共和政時代の《エヴェヌマン》紙の再来であった。

このころドイツ統一をめざすプロイセンとこれを阻止しようとするナポレオン三世のあいだに、しだいに緊張が高まっていた。やがてプロイセンの宰相ビスマルクの挑発にのったフランスは一八七〇年七月一九日、プロイセンに宣戦布告をして戦争が始まった。普仏戦争である。この戦争は周知のようにプロイセンが連戦連勝し、まもなくナポレオン三世もスダンで捕虜になってしまうが、ユゴーは開戦以後一ヵ月のあいだ、ガーンジー島で戦況を不安そうに見守っていた。ナポレオン三世が敗れて没落するのは彼の望むところであったが、愛国者である彼には、フランスが敗れるなどということも、あって欲しくはなかったのである。

帰国と敗戦

フランスが敗戦を続けるにつれて、ユゴーは何かに引かれるようにフランスに近づいていった。彼は八月一七日にはブリュッセルに着いた。祖国に帰るについて、ユゴーにはただ一つの目的しかなかった。それはフランスに戻って自分も国民軍の一兵士となり、祖国の見張りに立つことである。彼はこうした気持を、まもなくパリで刊行された『懲罰詩集』のフランス版の序詩「フランスに帰るにさいして」(一八七〇年八月三一日作)の中で次のようにうたっている。

国境に外国兵が現れるとき、
　　私の望みは
ただひとつ。政権には少しも参加せず、危険には
　　　全身で参加する。

……

パリよ、私はあなたに望むだろう、どうぞ、あなたの悲惨をわけてくれと。
なにしろ私は、あなたの息子なのだから。

九月二日、ナポレオン三世はスダンでプロイセン軍に降服し、捕虜となった。四日にはパリで帝政の廃止と共和政の樹立が宣言され、国防政府が樹立された。五日、ヴィクトル＝ユゴーはブリュッセル駅の出札口で、感動に声をふるわせながら、「パリまで」と言った。ユゴー一行がパリに着いたのは九時三五分だった。「数知れぬ群集が私を待っていた。なんとも言い表しようもないほどの歓迎ぶりだった。私は四度話した。一度はカフェのバルコニーから、三度は乗っていた四輪馬車の中から。ひっきりなしに数を増してゆくこの群集、私をフロショ大通りの……ポール＝ムーリスの住居までつれていってくれたこの群集とわかれるとき、私は人びとにこう言った。『あなたがたのおかげで、わずか一時間のあいだに、二〇年間の亡命生活の苦労もすっかりつぐなわれました』と。」（『見聞録』第二巻　一八七〇年、一）

ナポレオン三世がスダンで捕虜になったのちも、プロイセン軍はパリに向けて進撃を続けていた。一方パリでも、穏健共和派で組織された臨時国防政府や左翼急進派は、対プロイセン抗戦でかたまっていた。ユゴーがパリに戻ったのは、こうした時期であった。パリの民衆のあいだでは、ユゴーの人気は絶大なものだった。なにしろユゴーはナポレオン三世と最後まで妥協せずに二〇年の亡命生活を送り、またプロイセンに侵略された今、苦難をともにするためにパリに帰ってきたのだから。一〇月二〇日には彼の『懲罰詩集』がはじめてフランスで出版され、パリの市民から熱狂的に迎えられた。

しかしやがてパリは、プロイセン軍によって完全に包囲され、すさまじい食糧不足におそわれるようになった。穏健共和派によって構成された国防政府は次第に弱腰になるが、パリ民衆を掌握した左翼急進派は依然として徹底抗戦を叫び、両者の対立は深刻になっていった。

しかしついに、一八七一年一月二八日には国防政府とプロイセン軍のあいだに休戦条約が締結され、和平条約を締結するための国民議会が開かれることになった。政府は急進的になったパリ市民の圧力を避けるために、議会をボルドーで開くことにした。議員選挙でパリから第二位の得票で選ばれたユゴーも、二月一三日には議会が開かれるボルドーに家族とともに赴いた。ところが、この議会には農村部から選出された保守派が圧倒的な数を占めていたのである。ボルドー国民議会は保守共和派のチエールを共和国政府首班とし、アルザス、ロレーヌの割譲を含む屈辱的な和平条約を可決してしまった。パリでは、保守派が圧勝した選挙結果や屈辱和平に対して急進共和派が激怒していたし、また、パリから選出されたユゴーも保守的な議会に絶望せざるを得なかった。そしてついに三月八日、アルジェリアから選出された左派議員ガリバルディーの当選を無効にする提案がなされたとき、ユゴーは憤然として議場内で辞職を宣言したのである。

もう議会などに用はなかった。ましてボルドーなんぞに留まる理由はない。ユゴーはすぐさま家族とともにボルドーを発《た》とうとした。しかしその直前、ユゴー一家は新しい不幸にみまわれた。三月一三日、次男のシャルルが、乗っていた馬車の中で鼻や口から血を吹き出して急死してしまったのである。パリへの帰途は、シャルルの遺体を運ぶ悲しい旅となってしまった。

パリ－コミューン

落胆してパリに戻ってきたユゴーを迎えたのは、パリ－コミューンの反乱であった。屈辱的な和平案に憤ったパリの急進共和派が民衆を武装し、パリの主権を握ってパリ－コミューンの成立を宣言したのである。シャルルの葬儀はその騒ぎのさなかで行われた。遺体はペール－ラシェーズの墓地に葬られることになったが、葬列はバリケードの中をすすみ、武装した国民軍の栄誉礼に迎えられた。

シャルル夫妻はベルギーにかなりの借財を残していた。シャルルが死んだ今となっては、ユゴー自身がその負債のかたをつけに行かなければならなかった。葬儀を終えたユゴーは、すぐにベルギーのブリュッセルに向かって出発した。

ユゴーがベルギーに滞在しているあいだに、パリ－コミューンの騒ぎは、ユゴー自身想像もつかなかったような速さで大きくなってしまい、ヴェルサイユに移転した共和国政府とパリのコミューンが敵対し、ついに四月には共和国政府によるパリ攻撃が始められた。しかしユゴーは、どちらの

パリ－コミューン

側を支持する気にもならなかった。保守派の支持をうけて成立した共和国政府の愚劣さかげんは身に沁みていたとはいうものの、勝ち誇るプロイセン軍をまえにして、フランスの国難のさなかに内乱をおこすコミューンの行動も、ユゴーには狂気の沙汰としか思えなかったのである。

戦う人びとよ！　争う人びとよ！　いったい何がしたいのだ？
きみたちはまるで麦を焼く野火のように、
名誉と理性と希望を殺している！
どうしたのだ！　敵も味方もフランス人ではないか！
（『おそるべき年』「一八七一年四月」四「叫び」）

階級闘争の存在を認めなかったユゴーには、コミューンの反乱は理解不可能な謎だったのである。周知のように、コミューンの反乱は共和国政府の勝利に終わった。五月の下旬、内乱が終結するとき「白色テロル」が行われ、コミューン参加者が多く虐殺されて、パリの街におびただしい血が流された。生き残った者も流刑などの苛酷な処罰をうけたのである。
内乱が終結したとき、ユゴーは再び自分がとるべき立場を悟る。というのも、もうそれはイデオロギーの問題ではなく、まさにヒューマニズムの問題だったのだから。五月二五日、まだブリュッセルにいたユゴーは政府軍の苛酷な弾圧ぶりを非難し、コミューンに参加した者がベルギーに亡命してくれれば自分が保護する、と宣言したのである。コミューン参加者が蛇蝎《だかつ》のごとく忌み嫌われていた当時にあっては、これはたいへん勇気のいることであった。そのためにユゴーは、ベルギーの右翼らしき人びとから襲撃され、またベルギー政府から国外退去を命じられたのである。

ベルギーを追放されたユゴーはルクセンブルクに移り、そこで普仏戦争以来の血なまぐさい一連の事件をうたった詩集『おそるべき年』（一八七二）を書いた。その後一八七一年九月にはパリに戻ったが、コミューン参加者を弁護した彼は、人びとからうさんくさい目で見られるようになっていた。こんなことからユゴーは、ジュリエットの勧めもあって、ガーンジー島にふたたび逃避することになる。一八七二年八月のことである。

よいおじいちゃんぶり

ガーンジー島に着いたユゴーが、この島で家族とともに送る生活は穏やかで楽しいものだった。家族といっても、かつて、ここにはじめて移り住んできたときとは違って、妻アデールと次男のシャルルは亡くなっていたし、次女のアデールは精神病院に入っていた。しかしユゴー家には新しい世代が生まれていた。さきにも述べたように、シャルルはユゴー家に妻アリスと、ユゴーにとっては孫にあたるジョルジュとジャンヌを残していったのである。

ユゴーは孫たちとの団らんに心ゆくばかり楽しい時を送った。毎朝、孫のジョルジュは祖父の部屋にはいってくると、「パパパ、おはようございます」と言った。このパパパというのは、ユゴーのことを祖父とも父とも考えていたこの子が、この二つの要素を同時に含ませようとして考えついた言葉だった。宵には一日の遊びに疲れたジャンヌは、祖父の膝の上で眠ってしまう。ユゴーは午後はよく家族を、この島の町セントーピーター港の一番大きな四輪馬車に乗せて、島の見物に連れていった。彼は花の甘い香りと潮風のにがい香りとの入りまじる美しい夏を、楽しい思いで味わったのである。

しかし、この楽しい夏もやがて終わり、アリスと孫たちは、やはりこの島にそれまで滞在していたフランソワーヴィクトルに連れられてパリに戻っていった。もちろん忠実な永遠の恋人ジュリエットは彼のそばに留まっていたが、ユゴーは老年の淋しさを味わわずにはいられなかった。ユゴーはこのガーンジー島滞在中に、小説『九十三年』の執筆に熱中した。なお、ユゴーがこのとき、ジュリエットの小間使のブランシュという女性と関係をもったことを申し添えておく。ジュリエットはやがて二人の仲に気づいてブランシュにひまを出し、ガーンジー島から追い出してしまったが、二人の仲はユゴーがパリに戻ってからも秘かに続けられたのである。

一八七三年の七月にはユゴー自身もパリに戻った。息子のフランソワ－ヴィクトルが重い病気にかかったのである。フランソワ－ヴィクトルはやがて、その年の一二月二六日に肺病で世を去った。愛する者に次々と先立たれる悲しみはどんなものだろうか。夭折《ようせつ》した長男は別として、ユゴーには四人の子供がいた。そしてその三人までが父親に先立ってしまったのである。残るは次女のアデールだけだったが、彼女は精神病院の中だった。妻も死んだ。彼の青年時代の文学仲間もあらかたいなくなっていた。彼より若い世代のゴーチエも死んだ。サント－ブーヴも今はいない。ユゴーにとって、周囲は異邦人の集まりのように見えたのではないだろうか？

ところがこの老詩人は、七〇歳を越えてなお、超人的な創作活動を続けていたのだ。ユゴーは一八七四年にはフランス革命を舞台にした小説『九十三年』を発表して、自然主義が主流になっていたフランスの文壇を驚かせた。人びとは、文壇の流行がどうであろうと、ユゴーが生きているかぎり、ロマン主義もまた生きつづけることを、改めて認識したのである。ユゴーはまた一八七五～六年には、それまでの議会演説の記録などをまとめた『言行録』、一八七七年には詩集『諸世紀の伝説』（第二集）と、孫たちの生態を祖父としての愛情にみちた目で観察した詩集『よいおじいちゃんぶり』を出版した。人びとは、あの七〇翁の白髪《しらが》頭のどこに、涸れることのない想像力の泉が隠されているのか、いぶかったのである。とくに『よいおじいちゃんぶり』は、孫に対する祖父の素朴な愛情を親しみやすい言葉でうたいあげた名詩集として、人びとから愛された。

いとしいジャンヌ！　いとしいジョルジュ！　わたしの心をとらえる声よ！
星屑がうたうものなら、こんなふうにかたことを言うだろう。
ふたりの顔がこちらをふりむくと、わたしたちの顔は金の光に染められる。
ああ！　おまえたちは、いったいどこからきたのか、いとしい、見知らぬ者たちよ？
……

ふたりはいつも、よちよちしている、天国の思い出にまだ酔っているのだ。
（一、六「ジョルジュとジャンヌ」）

ユゴー　孫のジョルジュとジャンヌとともに

第三共和政の偶像　創作力と同様に、ユゴーの闘争心も衰えてはいなかった。第三共和政初期のボルドー議会が保守派に牛耳られていたことはすでに述べたとおりだが、こうした政治家たちは共和政を一時的なものと考えていた。つまり、彼らは折さえあれば王政をふたたび復活させたいと考えていたのである。彼らはそのために大統領の権限を強化し、将来即位すべき王の、いわば摂政にするつもりでマック－マオン将軍を大統領にした。マック－マオン大統領のもとで、議会の王党派と共和派は激しい対立を繰りかえした。

共和政をくつがえそうとする議会、王政を望む共和国大統領、――これは危険な状態ではないだろうか。ユゴーは一八五一年一二月二日のクーデター前夜と状況が酷似していることに気がついた。一八七七年と七八年にユゴーは『ある犯罪の物語』という作品を刊行した。ルイ－ナポレオンのクーデターの体験を述べたこの作品には、帰仏後、新しい章が加えられ、題名も亡命時代につけられていた『一二月二日の物語』からこのように変えられたのである。ユゴーはこの本を出版するに際して、その巻頭に「この本を出版することは時宜にかなっているばかりではない。急を要する仕事である」と述べている。

こうした出版活動のほかにも、ユゴーは一八七六年に創設された上院の議員に選ばれて議会でも活躍していた。彼は共和派議員として保守的な多数派と対立し、コミューン参加者の恩赦を要求したり、またさまざまな国際平和会議で「ヨーロッパ共和国」の必要を説いたりしていたのである。

一八七九年には上院の選挙が行われたが、この選挙で王党派は壊滅的な敗北をし、そのために、まだ任期を残していたマック－マオン大統領も辞職してしまった。そして新しい大統領にはジュール＝グレヴィーが選ばれ、ユゴーの弟子格の人間も数多く政治上の重要なポストを占めた。今や、ある程度まではユゴー式な共和国が建てられたと言ってもよかった。共和国の方でも、この高名な大詩人を国民の偶像にまつりあげて、それを利用していた。

ユゴーは一八七八年一一月からパリのエーロー通り一三〇番地にジュリエットといっしょに住むようになっていた。ユゴーは「引越魔」というのだろうか、八三年の生涯のあいだに、主なものだけで、二〇数回転居している。しかし、このエーロー通りの家は彼の「ついの住みか」となるであろう。さて、話はユゴーが、この家で七九回目の誕生日を迎える折のことである。ユゴーは一八八一年二月二七日、つまり七九歳の誕生日の翌日には、生まれて八〇年めにはいることになるが、ユゴーの友人や信奉者たちは、詩人が八〇歳にはいる長寿の祝いを大々的にやろうと発案したのである。ところで、政府もこの発案の尻馬に乗ったために、ユゴーの長寿の祝いは大げさな国家的な行事になってしまった。

二月二七日、ユゴーの家のまえには朝から詩人に祝いを述べる人びとの行列が作られた。エーロー通りの入口には飾りつけが行われ、ユゴーの名前や作品の名を記した吹流しで飾った柱が何本も立てられた。まず生徒たちがユゴーに敬意を表しに来た。詩人はこうした孫のような大勢の子供たちに接吻した。そして昼食をとってから、あけはなした窓のそばで、彼はジョルジュとジャンヌを両脇にしたがえて、二階の窓べにずっと立って、人びとの敬意に答えたのである。

何万という市民の群れは絶え間のない行列をつくり、ヴィクトルに歓呼の声を送って通りすぎていった。学生たち、フランスの諸地方や外国の代表者たち、パリの労働組合の代表者たち、こうした人びとの群れが通っていった。最後の行列が終わったのは、夜のとばりがおりてガス灯に火がついてから、だいぶたったときだった。

そして、この年の五月八日にはエーロー通りはヴィクトル＝ユゴー通りと改名されたのである。

詩人の死

八〇歳になんなんとしてもなお、ユゴーは作品を出版しつづけていた。詩『教皇』（一八七八）『至高の憐憫』（一八七九）『既成宗教と真の宗教』『ロバ』（一八八〇）詩集『精神の四方の風』（一八八一）劇『トルケマダ』（一八八二）詩集『諸世紀の伝説』（第三集）（一八八三）――こうした作品が矢つぎばやに出版された。人びとはもう驚くというより呆れていた。しかしこのような作品は実は、むかし書かれたものをまとめたにすぎなかったのである。こうした作品はユゴーの精神的な遺言と言えるだろう。創作力の衰えを自覚したユゴーは、それまで筆にまかせて書きちらした作品の一行たりとも無駄にしたくはなかった。そこで彼は、そうしたものをきちんとまとめて出版したのである。

そして彼は、本当の遺言状も用意していた。旺盛な生命力を誇ったユゴーも、さすがに死の覚悟をしないわけにはいかなかったのである。その遺言状では、ジュリエットにはユゴーの死後、年金二万フランが与えられることになっていた。妻アデールの死後、ジュリエットはユゴーの公認の愛人としての地位を獲得し、彼と一つの家に寝起きすることができた。それは五〇年にわたる献身的な愛情の代償としては、ささやかにすぎるものだったかも知れない。

しかし、ジュリエットはやがてふさぎこむようになった。彼女は消化器の病気にかかっていたのだ。彼女は食事も満足にできなくなっていたが、それでも健気《けなげ》に、ユゴー家の女主人の役割を果たしていた。彼女はもう自分の死期が近いことを確信していた。一八八三年一月一日、ジュリエットはユゴーにこんな手紙を書いている。これが、ジュリエットが半世紀にわたってユゴーに書きつづけた一万八千通の手紙の最後になったのである。「いとしいあなた、わたしは来年のお正月にはもうどこにいるかわかりません。しかし、わたしは今年の人生の証明書に、『あなたを愛します』という言葉でサインできるのを幸せに思い、また誇りに思っています。――ジュリエット」

ジュリエットはこの年の五月一一日に七七歳の生涯を閉じた。悲しみにうちひしがれたユゴーは、葬儀に出席することもできなかった。またしても愛する人に先立たれたのである。しかし、今度こそは自分の番だろう。……

ジュリエットを失って以来、ユゴーは老人特有の一種の恍惚にとらわれてしまったようだった。彼は言葉少なになり、生きた彫像のようにみえてきた。

一八八五年五月一四日、ユゴーはとつぜん胸苦しくなった。この心臓の発作はまもなく肺鬱血を併発した。ユゴーはもう勘違いはしなかった。そして死を心しずかに迎えようと思った。彼はポール＝ムーリスにこう言った。「死神をせいぜい手あつくおもてなしすることにしよう。」

彼は数日間病床で病いの苦しみとたたかった。そして、うわごとを言いながら、「これは昼と《セ・チシ・ル・コンバ・デュ》夜とのたたかいだ《・ジュール・エ・ド・ラ・ニュイ》」ということばを口走ったが、これが見事に一二音綴《アレクサンドラン》の詩句になっていた。一生を、詩句を彫琢《ちょうたく》することに費した老詩人にふさわしい逸話である。

ユゴーの病気の噂はフランス中にひろまった。新聞には、ユゴー付きの医師団による容態報告書が毎日掲載された。病状は一進一退を続けながらも、次第に絶望的なものになっていった。そして五月二一日の夕方、臨終の苦しみのまえによく起こる一時的な回復が起こった。祖父にずっと付き添っていた孫のジョルジュとジャンヌは、自分たちの顔を祖父の唇に近づけようとしてひざまずいた。ユゴーは、老年の支えだったこの孫たちに接吻し、愛情をこめた目でふたりを見つめて、「かわいいおまえたち、……さようならジャンヌ」とつぶやいた。そのあとには臨終の苦痛と衰弱がやってきた。

ユゴーは翌日、つまり一八八五年五月二二日の午後一時二七分、八三年の長い生涯を閉じた。死ぬまぎわに彼は、「黒い光が見える」という言葉を吐いたと伝えられている。神秘と幻想の世界に大胆にわけ入ったこの詩人は、いまわのきわに一体何を見たのだろうか？　私たちはそれを想像しているうちに、ふと何か言い知れぬ戦慄をおぼえるのである。

共和国政府は詩人の死を知ると、すぐさま彼を国葬に付し遺体をパンテオン（偉人廟）に祭ることを決定した。遺体は五月三一日に凱旋門の中に安置され、国葬は六月一日に行われることになった。五月三一日、凱旋門は黒い喪の布で飾られ、のぼりも何本も立てられた。真っ昼間からつけられた無数の燭台やたいまつが凱旋門の下の霊柩台の上に置かれた柩を照らし出していた。遺体の番には学生たちや上院の守衛たちや若い作家などが当たったが、群集がひっきりなしに柩のまえにおまいりにやってきた。

ユゴーの葬儀　パンテオンに着いた葬列

国葬の日、凱旋門からパンテオンに通じる通りは群集で埋めつくされていた。葬儀は午前一一時に始まり、政府の要人などの演説がすむと、葬列は行進を始めた。パリっ子たちは、通りにあふれ、家々の屋根にまで鈴鳴りになって、フランス国民共通の感情をうたいあげた世紀の巨匠の国葬を見送った。

この日、この葬列を見送った人びとの数は、驚くなかれ二〇〇万人にのぼったと言われている。葬列がコンコルド橋を渡っていたときに、一五〇羽の鳩がぱっと空に向かって放たれた。ユゴーが平和を愛したことを記念するためにこうしたのである。二時に柩車はパンテオンのまえに着き、それからまた四時間のあいだ、二〇人ほどの人びとが、散文や詩でユゴーの思い出をたたえた。柩は六時半にパンテオンの地下室におろされた。久しい以前から霊魂の不滅を信じていた彼は、死後の世界では親しい家族や友人たちにかならず会えると確信していた。そしていま、闘いに満ちた人の世を去って、栄えある墓に永遠に眠ることになったのである。

Ⅱ　ヴィクトル＝ユゴーの思想

第Ⅰ部では伝記的事実を中心にしてユゴーの生涯を語ったが、この第Ⅱ部ではあらかじめ、彼の生涯にわたる思想の遍歴を素描して、全体の見通しをつけておくことにしよう。

ユゴーの思想遍歴

ユゴーの生涯は八三年の長きにわたっているが、この長命の詩人の思想を語るについては、その生涯を四つの時期にわけるのが便利であろう。

第一の時期は一八一四～三〇年の王政復古の時代にほぼ一致する。若い天才的な王党派詩人としてデビューしたユゴーは、次第に清新な叙情をうたう新しい文学流派――ロマン主義――のリーダーと目されるようになっていった。彼は規則ずくめの旧来の文学に雄々しく抗議の声をあげて、ロマン主義の宣言書《マニフェスト》『クロムウェル』の「序文」を世に問うたのである。この時期を「文学の解放」の時期と言うことができよう。こうしたユゴーの活動によって、ロマン主義はやがて劇壇を制覇し、文壇の主流となる。

ところで、こうした文学的主張――つまり文学の規則からの自由や解放の主張は、やがてユゴーが七月革命を契機として自由主義にめざめるようになると、社会的な解放の主張につながっていった。これが第二の時期で、一八三〇～四八年の七月王政時代にあたっている。七月革命を経験して以来、彼は文学が社会の不正を正し、社会的弱者を解放する手段となることを望むようになった。それればかりか彼は、貴族院議員として自ら社会改革にのりだそうとしたのである。しかし七月王政時代のユゴーは、王政、共和政などという政治形態とは無関係に社会問題を解決できると考えていたのので、政治そのものにはあまりかかわろうとはしなかった。

やがて一八四八年に二月革命がおこると、ユゴーは現実の政治の中に深く巻きこまれることにな

る。それ以後、一八五一年一二月二日のクーデターまで、彼は息子たちが発行していた政治新聞《エヴェヌマン》を援助したり、議会でさまざまな演説を行ったりするが、こうした体験をとおしてユゴーは、現実の社会に対する理解を深めていった。これが第三の時期である。この時期のユゴーの議会演説を読めば、彼が政治的に成熟してゆく過程がよく理解できるだろう。ユゴーは最後には、社会的にばかりではなく政治的にも民衆を解放することが必要だと痛感するようになるのである。

すでに述べたように、ユゴーはルイ＝ナポレオンのクーデターに際しては、これに対抗して抵抗運動を組織した。抵抗運動は敗れ、ユゴーは以後一九年におよぶ亡命を余儀なくされるが、この亡命とともにユゴーの第四の時期が始まる。亡命してまもなく、ユゴーは非常に重要な体験をした。それは交霊術である。交霊術の経験を契機としてユゴーは、彼がそれまでにも抱いていた神秘的な思索を深めるようになる。とはいえ、ここで述べておかなければならないのは、こうした神秘的な思索が、ユゴーの場合には、けっして現実の世界からの逃避にはならなかったことである。ユゴーが神秘的な瞑想に耽るのは、絶対の地点から現世をより明確に眺めようとするためであり、貧窮と無知と肉体の三重の牢獄の中に閉じこめられた民衆の魂をいっそう解放するためなのである。

亡命時代をまってユゴーの文学は頂点に達する。文学的解放、社会的解放、政治的解放、さらには宗教的解放、こうしたものが混然となり統一されて、一つのユゴー的な宇宙がつくりあげられ、そして数々の代表的な作品が次々と生み出されるのである。

このように、ユゴーの思想はさまざまに変貌しているが、そうした変貌をとおして我々は、彼の文学を貫く一本の線を見出すことができるように思われる。それは「自由」の追求であり、また、文学は娯楽でも装飾的な美の実現でもなく、真理の探究の手段であり、そしてこの世に真理を実現する手段であるという確信である。我々も本書で、ユゴーのこうした側面を明らかにしたいと思う。

さてそれでは、このフランス一九世紀随一の詩人の思想的遍歴をもっと詳しく見てみることにしよう。

一、文学の解放――ロマン主義の文学理論

(1)　古典主義からロマン主義へ

古典主義と擬古典主義　我々がこれから語ろうとしているロマン主義というのは、フランスでは一八二〇年から一八五〇年ごろまで続いた文学運動である。ロマン主義はそれ以前の文学である古典主義に対する反動として生まれたものなので、ロマン主義について述べるまえに、古典主義ないしは「擬古典主義」について語っておく必要があろう。

一七世紀、太陽王と呼ばれたルイ一四世のもとで、フランスの文学は一つの頂点を迎えた。この時代の文学は古典主義と呼ばれ、大げさな感情表現を退けて理性を重んずるという傾向を一般的にもっていた。古典主義の代表となると、やはりコルネイユやラシーヌの悲劇、モリエールの喜劇などがあげられるが、そうした作品の文学的完成度は比類のないものであった。現在でも、フランスの学生たちは学校で彼らの作品を暗誦させられ、大人になってもその中の有名な詩句は、ことあるごとにフランスの知識人の口をついて出てくるのである。

一七世紀の古典主義は、それ以前の文学のあまりに奔放な想像力やあまりに生々しく野卑な表現を退けて、洗練された高貴な文学をつくりあげた。これは、封建主義が次第にリシュリューやマザラン、そして国王ルイ一四世の親政によって中央集権化され、同時に王の宮廷が文化の中心になっていった過程と無関係ではないだろう。そうした洗練された高貴な文学をつくりあげるために、古典主義はさまざまな規則をもうけた。古典主義の規則については後で詳しく述べることになるが、三単一の規則とかジャンル分けの規則とか、なかなかやかましいものだった。

一八世紀になると、こうした規則について奇妙な考え方がされるようになった。古典主義の規則はまるで、傑作を生み出すための魔法のように考えられるようになったのである。そしてやがては、古典主義の規則を守ることが絶対的な掟のように見なされるまでになり、そのために力強い個性的な表現はほとんど不可能になってしまった。このような、言ってみれば古典主義のパロディーでしかないような文学は「擬古典主義」と呼ばれている。擬古典主義はとりわけ、フランス文化の精華と言われた保守的なアカデミー＝フランセーズに保護され、一九世紀の初頭まで脈々と伝えられてきたのである。では、そうした状況を生み出した古典主義の規則とは一体どんなものであったか、それを次に述べてみよう。

古典主義の規則

まず、古典主義の詩では「モープロプル」（そのものずばりを示す言葉）を用いることは禁止されていた。つまり、文学には文学固有の言葉があると考え、日常に用いる言葉や卑俗な表現を禁止したのである。この「モープロプル」の中でとくに有名なのは「ハンカチ《ムーショワール》」という言葉であろう。フランス語の「ハンカチ《ムーショワール》」は「鼻をかんでやる《ムーシェ》」という動詞から出ている。たしかに、厳粛な場面で「鼻かみ布」などという言葉が出てくれば、雰囲気はぶちこわしになるだろう。ロマン派の詩人の一人アルフレッド＝ド＝ヴィニーは、シェイクスピアの『オセロ』の翻訳でこの「ハンカチ《ムーショワール》」という言葉を使ったが、これは大変なスキャンダルになった。

古典主義は、こうした「モープロプル」の使用を避けるために、遠まわしな表現を用いたが、それがすなわち「迂言法《ペリフラーズ》」と言われるものである。たとえば、「ジュネーヴの湖」とか「大西洋」とかいう表現は禁止された「モープロプル」になるので、「レマンの波浪」とか「アルモリックの海水」などという「迂言法」が用いられたり、「鐘」と直接表現するかわりに、「宗教的な青銅」と表現されたりすることになる。

たしかに、こうした規則は詩の文体を洗練することにはなるだろう。しかし迂言法の濫用によって、詩はときには謎解き遊びのようになってしまうこともあったのである。

「モープロプル」の中でもとくに数字（年齢や時間）は、直接に表現することを厳にいましめられていた。そこで、これをどのように優雅に、個性的に表現するかが詩人の腕の見せどころになっていたのである。フランス革命のさなかに政治犯として死刑になった叙情詩人アンドレ＝シェニエは、断頭台にかけられる直前でも、「一時間以内に」という表現を避けるために、次のような雅《みやび》やかな迂言法を練りあげていたと言われている。

おそらく、円を描いてめぐる「時」が、
　輝く七宝の上で
響高く注意深い歩みを六十歩あゆませて
　一めぐりするまえに、
墓の眠りが、私のまぶたにのしかかるであろう。

（『風刺詩』九）

古典主義にはこのような「モープロプルの禁止」や「迂言法」だけではなく、なお多くの規則があった。創作力が衰えた時代ほど規則が繁雑になるのは、万国共通の現象であろう。たとえば、詩では一つの文章が一詩句で終わらずに次の詩句にまでまたがって、その途中で終わってしまうことは禁じられた（「句またがり《アンジャンブマン》」の禁止）。また、文学のジャンルの混同を禁止した規則も、古典主義の基本的な規則の一つであった。つまり悲劇は喜劇味をまじえてはならず、喜劇は悲劇味をまじえてはならない、悲劇は純粋な悲劇、喜劇は純粋な喜劇でなければならないというのである(ジャンル分けの規則)。また、「三単一の規則」というのもある。つまり、悲劇では、劇の行われる場所は作品全体を通じて一か所でなければならない(場所の単一)、劇の行為はおよそ一昼夜以内に起こって終わらなければならない(時の単一)、そして劇の筋は一本で、枝葉があってはならない(筋の単一)。

こうした規則は、古典主義の時代にはそれなりの意義をもっていた。しかし、時代が下って一九世紀初頭ともなると、新しい感受性の自発的な表現を妨げる障害になってしまった。フランス革命が生み出した社会は、一七世紀の社会とは大きく異なったものになりつつあったのである。

人びとは大きな革命を経験したばかりであった。革命の血なまぐさい経験は人びとに、古典主義的な理性や規則だけでは捕えようのない、生々しい現実が存在することを教えた。また、フランス革命は、フランス文学に新しい読者層をもたらした。この革命によってフランスの政治や社会の表舞台に登場するようになってきたブルジョアジーである。つまり、文化の「大衆化」が起こったのだ。彼らには、必要以上に洗練された貴族的な文化は無意味なものに思えた。彼らが望んだのは強く感覚に訴えかけてくる印象であった。一九世紀の初頭には「メロドラマ」と呼ばれる大衆劇が流行したが、このメロドラマは血なまぐさい場面を見せたり刺激的な演出をしたりして、そうした新しい観客の支持をうけていた。貴族とはちがって、自ら経済活動を行い、現実との接触も多かった彼ら市民階級は、文学の上でも、いっそうリアルなものを要求したのである。

スタール夫人

こうした自信に満ちたブルジョアジーの出現とはうらはらに、大革命後のフランスの知識階級のあいだには、一種特別な倦怠感のようなものがひろがっていた。歴史がこれからどのように進行していくのか予想もつかない、——その不安が彼らのあいだに、異常に繊細な、病的とまで言える感受性を育くんでいた。彼らは血なまぐさい現実から目をそむけ、異国趣味や過去の回想や夢の中に逃避しようとした。また自分の精神的な病いや心の傷に陶酔し、それをさらけ出すことに自虐《じぎやく》的な喜びを感じるようになっていた。

理性や調和をむねとする古典主義の美学は、こうした新しい世代に訴えかけるものを、もう、あまりもっていなかったのである。

ロマン主義革命の先駆者たち

こうした事情から、古典主義の規則の鎖から文学を解放し、文学を改革する必要が、さまざまな人によって異口同音に叫ばれていた。すでに一八世紀から、哲学者ディドロなどが古典主義の劇理論に批判を浴びせていた。さらに、一九世紀の初頭ともなると、いろいろな人がさまざまな立場から、フランス文学改革の具体的なプログラムを発表するようになったが、ここではごく簡単に、スタール夫人の主張に耳を傾けてみよう。有名なスイスの銀行家の娘で、フランスの社交界で育ったスタール夫人は『文学論』（一八〇〇）や『ドイツ論』（一八一三）を発表しているが、彼女のこうした文学活動を通じて、ロマン主義文学の思想はフランスに根づいていったのである。

スタール夫人はまず、古典主義のいくつかの根本的な態度に対して批判を加えている。古典主義はギリシア・ローマの文学を手本にし、ギリシア・ローマの文学に表現されたものが万人に共通な普遍の美だと考えていた。それに対してスタール夫人は、絶対的な唯一の美などというのは存在せず、各時代、各国民に固有の形式があり、美があるのだと主張する。文学は結局一つの社会の表現なのであり、時代や国民性を無視して文学を論じることはできない。また、ギリシア・ローマの文学がどれほど完璧なものであっても、それを模倣するだけでは不十分である。それよりも、我々は自国の国民性を深く理解し、自国の国民的伝統に根ざした作品を創造すべきである。

こうしたことからスタール夫人は、近代文学が扱うべきテーマについて二つの改革を提唱している。その一つは自国の歴史を描くことである。古典主義はギリシア・ローマの文学を手本にしていたために、作品の題材もギリシア・ローマの歴史から採っていた。それに対してスタール夫人は、近代文学は自国の歴史に題材を求めるべきだと主張している。実際、この点は古典主義とロマン主義の大きな相違点になる。喜劇作家のモリエールは別にして、コルネイユにしろラシーヌにしろ、古典主義の悲劇作家はみな、もっぱら古典古代の歴史を悲劇の題材にしていた。一方、たとえばユゴーの演劇の中には、古典古代のギリシア・ローマを舞台にしたものは一つとして見あたらない。

スタール夫人のもう一つの重要な提案は、文学におけるキリスト教の役割である。古典主義文学はギリシア・ローマの古典文学にならって、異教のオリュムポスの神々を登場させることが多かったが、それはもちろん、作家個々人の信仰とは無関係な、いわば文学上の約束事にすぎなかった。そこでスタール夫人は、近代人はそうした無用な約束事を退けて、自分自身の真実の信仰、つまりキリスト教を自分の文学に反映させるようにしなければならないと説いている。

スタール夫人は自由主義思想家で、ナポレオン一世から弾圧を受けた。ところで、政治的には夫人と反対の立場にいた正統王朝派のシャトーブリアンも、新しい文学におけるキリスト教の要素を重要視するという点では、スタール夫人と奇妙にも一致している。シャトーブリアンは大革命のときに亡命し、ナポレオンが政権をとってからフランスに帰国した貴族の一人であったが、一八〇二年に『キリスト教精髄』という護教論を発表して、たいへん大きな反響を得ている。フランスでは一八世紀に、啓蒙思想と呼ばれる合理主義的な哲学が普及していた。啓蒙思想の哲学者たちは必ずしもキリスト教を全面的に否定したわけではなかったが、一般的に宗教を野蛮な迷信だと考える傾向をもっていた。こうしたことから、知識人のあいだではキリスト教は、知的なレベルではもう信仰の対象とはならなくなっていたのである。ところが、フランス革命がおこり、それに続いてさまざまな血なまぐさい事件を経験すると、人びとは未来に期待できなくなり、言い知れぬ不安感を抱くようになった。そして、そうした人びとの心には、失われた信仰に対する一種特別な懐しさのようなものが芽生えてきた。そうしたときに、シャトーブリアンは『キリスト教精髄』を発表したのである。この本は一種の護教論であるが、中世の神学者のように論理的にキリスト教を擁護しようとしているのではない。シャトーブリアンはひたすら人びとの感受性と美意識に訴えかけているのである。彼はキリスト教の建築がギリシア・ローマの建築に比べてどれほど優れているか、キリスト教の神話がどれほど美しいものであるか、キリスト教が近代人の病んだ精神にどれほど慰めをもたらすかを、華麗な文体で切々と訴えている。こうしたやり方でシャトーブリアンは、キリスト教が他の宗教よりも、そして無神論よりも優れていることを示したのである。このようにシャトーブリアンは、知性にではなく感情に訴えかけることによって、不安におののく人びとの心をとらえ、一九世紀の前半に、一時的にせよ、キリスト教のルネサンスをもたらしたのである。

ロマン主義論争

スタール夫人やシャトーブリアンなどのこうした文学活動をとおして、新しい文学、ロマン主義の姿は次第に明確になっていった。やがて一八二〇年には「ロマン主義の第一声」と言われるラマルチーヌの『瞑想詩集』が出版され、ロマン主義はまもなく一つのはっきりした文学流派を形づくるようになる。ロマン主義の特徴は、古典主義の普遍的な美に対して美の相対性を、古典古代に対して自国の歴史、とくに中世を、異教に対してキリスト教を、規則に対して形式上の自由を主張するものだった。それからもう一つ付け加えておかなければならない、――自由主義に対して王党主義を、と。

この点は奇妙に思えるかもしれないが、ロマン主義をめぐる論争には政治の影が執拗につきまとっていた。擬古典主義は大学やアカデミーに強い勢力をもっていたが、そうした文学者は概して啓蒙哲学を信奉しており、絶対王政には反対で政治的には自由主義であった。それに対して、王政復古の時代に生まれた文学、ロマン主義は、「カトリック教と王党主義」をスローガンの一つにしていたのである。もちろん、ロマン主義が保守的な王党主義と結びつくのは、考えてみれば理の当然かもしれない。というのもロマン主義は、フランスの国民的伝統を重視し、啓蒙哲学が「暗黒時代」とした中世を逆に賛美し、文学におけるキリスト教の重要性を説いているのだから。さきほど述べたシャトーブリアンはウルトラと呼ばれる超右翼の王党派で、《コンセルヴァトゥール》（その名もずばり「保守」）という新聞を主宰していた。またシャトーブリアンへの傾倒から文学活動を始めたユゴーも、そのひそみに倣って、《コンセルヴァトゥール－リテレール》（文学保守）という雑誌をつくったり、「カトリック教と王党主義」ということをしきりに言いたてたりしている。

ともあれ、ロマン主義の骨格が次第に明らかになると、古典主義の権威にしがみついていた人びとも戦々恐々としはじめ、ロマン主義と見なされた作品に対して痛烈な批判をあびせるようになった。そうした論争に終止符をうち、ロマン主義の勝利を決定づけたのは、青年詩人ユゴーの活躍であった。

一八二七年、ようやく二五歳になったこの青年詩人は、劇作『クロムウェル』の「序文」を出版し、さきに述べたような古典主義の諸規則を根底から否定して、ロマン主義の文学理論を宣言したのである。

(2)『クロムウェル』の「序文」と『エルナニ』の初演

文学の三段階説　『クロムウェル』の「序文」は、フランス文学史上非常に重要な位置を占めており、この「序文」の刊行は、文学史の上でエポック－メーキングな事件であった。この「序文」でユゴーは、フランス文学の改革に努力した先駆者たちの意見を体系化し、ロマン主義に理論的な基礎を与えた。この「序文」の発表と次に述べる「エルナニ合戦」の勝利によって、文学の主導権は決定的にロマン主義に移り、擬古典主義への逆戻りは不可能になってしまったのである。

それでは次に、この「序文」に表されたユゴーの文学理論を少し詳しく検討してみよう。

さきほども触れたように、「絶対唯一の普遍的な美」を理想とする古典主義とは対照的に、ロマン主義は「歴史的相対主義」とでも言うべきものによって特徴づけられている。つまり、各社会や各時代には各々固有の文化や文学が存在するというわけである。そうした考え方がすでにスタール夫人などによって発表されていたことは、さきにも述べたとおりである。しかし『クロムウェル』の「序文」では、ユゴーはそれをもっと大胆に展開している。すなわち彼は、「社会と文学の関係」を人類の文明の全歴史にわたって考察し、包括的な図式をつくろうとしているのである。

「さて、詩というものはいつでも社会に重なり合うものであるから、世界の三つの大きな時代――つまり原始時代、古代、近代において、詩がどのような特徴を持っていたかを、社会の形態を見て考えてみることにしよう。」

ユゴーによれば、原始時代の文学は叙情詩であり神への賛歌である。原始時代にはまだ社会は存在せず、人は神とも自然とも一体であると感じることができた。そして人びとは、社会制度などにわずらわされることなく、孤独な瞑想にひたすら陶酔していた。この時代の代表的な作品は、宗教文学の最高傑作「創世記」である。しかし、やがて社会が複雑になり国家が生まれると、当然のように戦争が発生する。死をいつも見つめていなければならない人びとの精神は重々しく荘厳になる。そして文学も、民族の歴史や戦士の業績、帝国の興亡などをうたうようになる。つまりこの時代――古代――の文学は「叙事詩」である。ホメーロスの叙事詩やギリシアの悲劇がそうした文学を代表する。

さて、第三の時代すなわち近代は、キリスト教の出現とともに始まる。勇猛一方のギリシアのオリュムポスの宗教は、人間の中に偉大さや英雄的な勇気しか見ようとしなかった。それに対してキリスト教は、人間の心の中には善をめざす傾向と悪に魅了される傾向の二つがあることを、はじめて人びとに教えた。人間の中には天使ばかりではなく、卑しい獣も同時にひそんでいるのだ。同様に、世界も光や善や美ばかりで成立しているのではない。そうしたもののかたわらには、いつも闇や悪や醜が存在しているのである。言いかえれば、世界は美と醜、善と悪、崇高とグロテスクなどすべての相対立する二つの要素によって成立している。キリスト教はこうしたことを近代人に教えた。そんなわけで、キリスト教の光をうけた近代人は、美や善や光、そして人間の高貴な感情しか描かない古典古代文学に満足できるはずはないのである。

それでは、こうした時代に特有の文学はなんであろうか？　それは「演劇《ドラム》」である。

時代の文学「演劇《ドラム》」　ユゴーのいう「演劇《ドラム》」とは、一言で言えば世界の二面性、善と悪、崇高とグロテスクなどをあわせて描く劇作のことである。さて、ユゴーはこの「演劇《ドラム》」を正当化し理論づけるために、次のように論じている。真理の宗教キリスト教は新しい世界観をもたらした。キリスト教の啓示のおかげで、人びとは自然を正しく解釈できるようになったのである。「キリスト教は詩を真理へと導く。キリスト教と同じように、近代の文芸は物事をより高く、より広汎な視点から眺めるであろう。」つまり、ユゴーにとって文学は――少なくとも近代の文学は――、常に真理をめざさなければならないのである。だから、自然が一連の相対立する二要素で構成されているかぎり、文学もまた「自然と同じように、作品の中に、光と影、崇高とグロテスク、いいかえれば、魂と肉体、精神と獣性を、混同することなく混ぜあわせ」なければならない。

こうした要求に最もよくかなうのが、「同一の霊感の息吹きのもとに、グロテスクと崇高、恐ろしいものとお道化《どけ》たもの、悲劇と喜劇を溶け合わせる」演劇《ドラム》である。「演劇《ドラム》こそ詩の第三の時期、つまり現代の文学の特性を表すジャンルなのである。」ユゴーはこうした時代の文学、つまり近代の「演劇《ドラム》」の代表者としてシェイクスピアの名をあげている。

ユゴーが考えている「演劇《ドラム》」が古典主義の「ジャンル分けの規則」に根本的に反することは明らかである。世界は美であると同時に醜であり、悲劇であると同時に喜劇である。もし「芸術の二つの幹である悲劇と喜劇」が別々にされるとすれば、つまり悲劇が美だけを描き、喜劇が醜だけを描くとすれば、両者はともに、その間にある現実《レエル》をとりおとすことになるだろう。

古典主義のもう一つの基本的な規則である「三単一の規則」の中の「時の単一」と「場所の単一」も「現実」の名のもとに否定される。現実の事件はほんとうに、すべてたった一つの場所でおこるのだろうか？　王に対する陰謀がある場所で行われ、陰謀者が退場すると今度は、王がそこに現れて陰謀を予防する密議をこらす、――こんなことが本当におこりうるだろうか？　またなぜ、事件の展開を二四時間の中に閉じこめなければならないのか？　事件には事件固有の時間があるはずではないか？　「時の単一」などという人工的な規則は、現実を芸術の形式の中に無理やりに閉じこめることではないか？　むしろ逆に、芸術こそが現実に適合するように形を変えなければならないのに。

『クロムウェル』の「序文」はこのように、芸術の基本的な問題についてロマン主義を理論づけ、正当化したのである。この序文で展開されたこうした反古典主義的な理論は、劇『エルナニ』（一八三〇）で実際の作品として具体的に実現されることになる。

「エルナニ合戦」

この時代には、その影響力からいっても、大きな収入をもたらすという点からいっても、劇は最も重要なジャンルであったが、劇『エルナニ』は、ユゴーが自分の名で上演させることができた最初の作品だった。この劇の初演にあたって、ユゴーは周到な準備をしている。というのも、この劇は「三単一の規則」をはじめ、古典主義の多くの規則をふみにじっていたので、上演の際に古典派びいきの観客から妨害をうけたり、やじりとばされたりする危険があることは十分予想できたからである。

こんな心配があったのでユゴーは、『クロムウェル』の「序文」の発表以来ユゴーを自分たちのリーダーとして崇めるようになっていた、ゴーチエなどの若い芸術家に応援を頼んだ。彼らは

「エルナニ合戦」

Hierro（鉄）という署名のある赤い紙片を通行証がわりに配られ、古典派がひそんでやじをとばしそうな要所要所の座席に配置された。そして、上演が始まってみると、案の定、古典派びいきの観客とユゴーを支持する若い観客のあいだに、腕力沙汰にまで及びかねない激しい応酬がかわされたのである。

ユゴーの劇は開幕そうそう古典派の非難を浴びた。

C'est bien à l'escalier
Dérobé.
　　あれはたしかに忍び
梯子のところだ。
（第一幕、第一場）

「やれやれ！　なんてこった。最初の言葉からもう、らんちき騒ぎだ！　詩句をこわして窓からほうり投げでもしているみたいじゃ」と一人の古典主義者がつぶやいた、とゴーチェは伝えている。この詩句はさきにも述べた古典主義の規則が禁じていた「句またがり《アンジャンブマン》」になっているからである。古典派のこんな非難に対して、ユゴー側のある青年が応酬した。「詩句の外に投げ出され、まるでぶら下げられでもしているようなこの Dérobé（忍び）という言葉は、この館《やかた》の壁の中深く螺旋《らせん》形に作られた秘密な恋の階段を見事に描写している、そんなふうにきみたちには見えないだろうか！建築学的なすばらしい技法が見られるではないか！」（『ロマン主義の歴史』一二「エルナニ」）

また、こんな詩句も大いに問題になったのである。

一二時かな？

もうじき一二時です。

（第二幕、第一場）

「こんな詩句が嵐をまきおこし、この半句をめぐって三日も戦いが続いたというようなことを、どうして想像できようか？　こんな詩句は野卑で、俗っぽくて、悲劇にはふさわしくないと人びとは思ったのである。王ともあろう者が、町人なみに時刻を尋ねたり、またきかれた相手は、まるで田舎者にでも答えるみたいに、『一二時です』などという答をする。乱暴狼藉な次第である。」（『ロマン主義の歴史』一二「エルナニ」）テオフィル＝ゴーチエはこのように述べている。古典主義の規則が意味をもたなくなった現在から見れば、ユゴーのこんな表現に対する当時の人びとの憤激の強さは、なかなか理解しにくい。しかし、すでに述べたように、「モープロプル」、とくに数字をそのまま表現することは、古典主義にとってきわめて重要なタブーの一つだったのである。ユゴーのこうした素直な表現と、まえに引用したシェニエの「おそらく、円を描いてめぐる『時』が、／輝く七宝の上で……」という詩句の雅《みやび》ぶりを比較してみれば、その違いは歴然としている。

こうした古典派のやじに対して、ロマン派の青年たちも負けず劣らず反撃し、力ずくでやじをやめさせたり、「やかん頭をギロチンにかけろ」などと叫んだのである。こんな青年たちの応援のかいもあって、ユゴーの『エルナニ』の上演はかなりの成功を収めることができた。ロマン主義は劇壇を制覇したのである。ユゴーはこののち一〇数年間、数多くのロマン派劇を舞台にかけ、みな、それなりの成功を収めることになる。

(3)　『ノートル＝ダム・ド・パリ』

ロマン主義文学の典型　最初にも述べたとおり、本章では一八一四〜三〇年の王政復古時代のユゴーの文学思想をとり扱っている。これからお話しする小説『ノートル＝ダム・ド・パリ』は七月革命以後に書かれ、一八三一年三月に出版されているので、時代的には本章の枠を少し踏み越えている。しかし、この小説はロマン主義の特質を非常によく表した作品で、『クロムウェル』の「序文」に展開された理論とも関係が深い。また、この小説は同時に、我々が冒頭で述べた、ユゴーの一八三〇年から四八年にいたる第二の時期の特質も非常によく表している。その意味で、第二章への橋わたしとして、第一章の最後のここで、この小説について述べておくのはふさわしいことと思われる。

『ノートル＝ダム・ド・パリ』はユゴーのもう一つの小説『レ・ミゼラブル』と並んで、たいへんポピュラーな作品で、フランスでは何度か映画化もされている。ユゴーはこの小説で、荘厳なノートル＝ダム大聖堂を背景に中世の風俗と人間の情熱を骨太の描写で描きあげて、ロマン派小説の一つの典型をつくりあげたと言えるだろう。この小説はユゴーの最初の大ロマンとして見事なできばえを見せている。

エスメラルダ
ストゥーベン筆

——時代はルイ一一世の治政、一五世紀後半である。ノートル－ダム大聖堂の司教補佐クロード＝フロロは、この大聖堂の前庭に来て踊るジプシー娘のエスメラルダに聖職者らしからぬ欲望を感じ、自分が育てあげたせむしの鐘番カジモドに、彼女をさらわせてわがものとしようとするが、美男で遊び人の王室親衛隊長が彼女を救う。それ以後エスメラルダはこの隊長を恋するようになる。これを知ったクロード＝フロロは嫉妬に狂い、エスメラルダを破滅させようとする。そして、鐘番のカジモド（彼は自分がさらおうとしたエスメラルダにあるとき親切にされてから、彼女に清らかな愛情を抱くようになっている）が彼女を救おうとする努力もむなしく、エスメラルダはクロード＝フロロの策略によって絞首刑に処される。カジモドは育ての親のクロード＝フロロを殺したのち、モンフォーコンの納骨堂におもむき、エスメラルダの死骸を抱いて死ぬ——。

この小説はまず第一に、宿命的な恋愛や情熱や嫉妬といった人間の生々しい感情を、詩情に富んだ自由奔放な手法で描き出しているという点で、ロマン主義の典型的な作品だと言うことができよう。聖職者に「愛」を断念させる非人間的な掟、そして、この非人間的な掟に押し潰されねじまげられて、自ら怪物となるクロード＝フロロ、生まれつきねじまげられた肉体の中に閉じこめられ、唖であるがゆえに自分の感情を表現することもできないが、それでもほんとうは清らかな魂をもっているせむしのカジモド、法の外におかれ、保護するものもおらず、孤児のしたたかさをもつと同時に、少女らしい可憐さや浅薄さももっている魅惑的なジプシー娘エスメラルダ、――こうした登場人物のすべてが、常人には見られない増幅された情熱をもち、そしてこの情熱という「運命《アナンケ》」に操られている。

「対照の美学」の実験場

しかし、この小説の特色はそうしたロマンチックな誇張された感情表現にだけあるのではない。ユゴーはこの小説のいたる所にグロテスクや滑稽味を配し、悲劇味や崇高さと競わせて、『クロムウェル』の「序文」の主張を実践しているのである。生まれながらに醜い姿をしたカジモド、ノートル－ダムの怪物像、そして聖史劇作家グランゴワールの滑稽な博学と笑いをさそう饒舌《じょうぜつ》、こうしたものが崇高な大聖堂や清らかなエスメラルダや悲劇的な筋立てのかたわらに配されているのだ。

『クロムウェル』の「序文」でユゴーはグロテスクについて次のように述べている。「……崇高の対《つい》になるものとして、対照の手段として、グロテスクは、自然が芸術に対して提供しうる最も豊かな霊感の泉であると私は思う。」このように、ユゴーが「グロテスク」に対して期待するところはたいへん大きかったようである。もちろん、この小説を書く以前にも、ユゴーは演劇でグロテスクを利用して効果をあげようとしている。しかし劇というジャンルの制約もあって、その利用の程度はかなり限られていたようである。だが、この小説では、ユゴーはもっと大胆に、そして大規模に、グロテスクな表現や対照《コントラスト》を用いている。『ノートル＝ダム・ド・パリ』の中で示されたグロテスクの例として、「しかめっつらくらべ」の個所を少し引用してみよう。

「それもそのはず、あっと驚くような奇妙なしかめっつらが、このとき、円花窓の穴から怪しい光を放っていたのだ。それまで、五角形だの六角形だのひん曲がったのだのと、奇妙な顔がつぎつぎにあの高窓に現れ出たのだが、ばか騒ぎで興奮しきった想像力がつくりあげたグロテスクの理想にぴったりはまるやつは、まだ一つもなかったのだ。ところがとうとう、みんながぼうっとしてしまうほどの、とびきり上等のしかめっつらが出てきて、満場の票をかっさらってしまったのである。……四面体の鼻、馬蹄形の口、もじゃもじゃの赤毛のまゆ毛でふさがれた小さな左目、それに対して、でっかいいぼの下にすっかり隠れてしまっている右目、まるで要塞の銃眼みたいにあちこちが欠けているらんぐい歯、象のきばみたいに、にゅっと突き出ている一本の歯、その歯で押さえつけられている、たこのできた唇、まん中がくびれたあご、とりわけ、こうした顔だち全体の上にただよう人の悪さと驚きと悲しみの入りまじった表情。」
（第一編、五「カジモド」）

パリ裁判所で上演される聖史劇を見にきた観客たちが、聖史劇そっちのけで、この「しかめっつらくらべ」に夢中になっている。「聖史劇」と「しかめっつらくらべ」、——これもまた「対照《コントラスト》」である。実際、『ノートル＝ダム・ド・パリ』は「対照の美学」の巨大な実験場のように思われる。そして、この「実験」は成功しているのである。

批判的に描かれた中世

『ノートル＝ダム・ド・パリ』がロマン主義小説の典型である理由はもう一つある。それはこの小説が中世をテーマにしているという点である。

さきにも述べたように、古典主義はひたすらギリシア・ローマの古典古代文学の模倣を志し、ギリシア・ローマの歴史を題材にすることを好んでいた。これに対して、スタール夫人などはフランス国民の歴史を重要視するように提案したのであった。こうしたことから、フランスの歴史、とくに中世は、ロマン主義の専売特許のように見なされるようになった。ロマン主義作家の多くは好んで中世をとり扱い、中世の中にフランスの国民性の源と黄金時代を見出そうとした。

しかし、ユゴーがこの小説で描いている中世は、そうした懐古的な歴史観にもとづいた中世像とは大きく異なっている。たしかにユゴーはこの小説で、ノートル－ダム大聖堂をはじめとする中世建築に対する彼の深い愛情を述べてはいる。しかしユゴーは、中世の社会のほうは、もっと批判的に見ているのである。たとえば、ここには耳が聞こえないのに権威だけはとりつくろおうとする尊大な裁判官や、王から金を引き出すことばかり考えている宮廷人の姿が滑稽に描かれている。

つまり、ユゴーが『ノートル＝ダム・ド・パリ』で中世を描いたのは、中世に懐古的なノスタルジーを感じているからではなく、そこに新しい時代を生み出す変化の芽を見出すからなのである。この小説の冒頭には、枢機卿一行が、聖史劇が上演される場所に入場する場面が描かれている。取次役が一行の名前と身分を次々に大声で告げてゆく。この一行に、フランドルから来たジャック＝コプノールという男がまじっている。

「お名まえは？」と、取次人がきいた。

「ジャック＝コプノールだ。」

「ご身分は？」

「ガンの洋品屋だ。屋号は『三つの鎖』てえんだ。」

取次人はあとずさりした。助役や市長ならまだしもだが、洋品屋を取次ぐのはやりきれない。……

すると枢機卿も大きな声でいった。「取次役、かの有名なガン市の市役所助役づき書記ジャック＝コプノールどのと取次ぎなさい。」

だがこれはまずかった。……

「そうじゃねえ、べらぼうめ！　おれは洋品屋のジャック＝コプノールってんだ。わかったか、取次役？　おれの名を長くも短かくもするこたあいらねえ。べらぼうめ！　洋品屋で結構だ。」（第一編、四「ジャック・コプノール」）

肩書きなしの「洋品屋コプノール」、――歴史はブルジョアジー、つまり官位も爵位もない市民階級の登場を告げているのである。

さて、「王党主義とカトリック教」の詩人ユゴーは、いったいどういういきさつで、こういった「進歩思想」を表明するようになったのだろうか？　「中世」を賛美するロマン主義のリーダーだったユゴーはどうして『ノートル＝ダム・ド・パリ』全体で中世を批判的に描くようになったのだろうか？　ロマン主義は総体的に過去を懐古する「反動の文学」ではなかったのか？

これにはいくつかの理由を考えなければならないだろう。まず社会的に見れば、この小説が出版された前年の一八三〇年に起こった七月革命が、当時のフランス文学全体に大きな影響を与えたという事実がある。しかし、そうした社会的事件を云々するまえに、ロマン主義自体が、潜在的にせよ、政治的自由主義を内包していなかったかどうかを考えるべきであろう。ロマン主義は、文学を古典的規則から解放すること、個人の情念を因習的な道徳から解放することを主張した。つまり、ロマン主義は一ことで言えば、「文学の自由」を主張する文学運動だったのである。こうした「自由」の主張が、文学や道徳以外の領域、つまり政治体制や社会体制にむけられ、政治的自由や社会的自由の主張と結びつくようになったとしても、なんの不思議もあるまい。つまり、ユゴーの中の「文学の自由」は、七月革命を契機として、遅ればせながらも、社会的な「自由の文学」に変貌したのである。

では次に、一八三〇年以後、ユゴーが自由主義にめざめ、文学の社会的役割を主張するようになってゆくいきさつを述べることにしよう。

二、社会参加の文学

(1) 文学と社会

七月王政時代のユゴーの思想を検討するまえに、ここでもう一度、王政復古時代のロマン主義文学と王党主義のかかわりあいについてふり返り、伝記のところや第二部第一章で述べた点を再確認しながら、両者の関係についてもう少し詳しく見てみることにしよう。

ロマン主義と王党主義

一八二〇年、ラマルチーヌの『瞑想詩集』の出版を第一声として生まれたロマン主義は、「カトリック教と王党主義」をスローガンの一つとし、政治的にも王党主義と結びついていた。なぜか？　この質問に答えるのは簡単なようにもみえるし、またなかなか難かしいようにもみえる。ロマン主義詩人の成育の過程を見てみると、彼らが復古王政（ブールボン王朝）の宮廷と結びつくのはまったく当然のなりゆきのように思えてくる。ラマルチーヌは王党派の貴族を父にもち、そのために革命時代や帝政時代には、田舎や旅先のイタリアで世間からひきこもった生活をしていた。ユゴーのほうは、たしかに彼は貴族の出でもなく、そのうえ父親はナポレオン軍の将軍だったが、その代わり、母親は猛烈なナポレオン嫌いだった。この点についてはすでに、伝記のところで話したとおりである。

では、こうした個人的事情を離れて、ロマン主義という運動自体の中に、何か王党主義と結びつくものがあったのだろうか？　たしかにある程度はあったというほかはないだろう。

文学にはいつも時代の刻印が打たれている。どのような天才の文学といえども、その時代の精神的な風潮と無関係には存在しえない。そして、ロマン主義も、多くの点で王政復古時代の人びとの精神を反映しているのだ。まえにも述べたように、人びとは革命時代の内戦や断頭台、帝政時代のうち続く外征、こうしたものすべてに飽《あ》きあきしはじめていた。そして、血なまぐさい現実から目をそむけ、自分たちの傷ついた魂を慰めてくれる何かを望んでいた。そうした人びとの心に、一八世紀の啓蒙哲学によって力を失っていたキリスト教がふたたび忍びこんできた。……王政復古とともに生まれた文学であるロマン主義が、キリスト教を美的な宗教として再評価したのは、こうした社会一般の倦怠感と無関係ではない。またロマン主義は、大革命以来の出来事をフランス史上最悪の事件と見なし、フランスの過去に、とりわけ中世に、黄金時代を見出そうとしていた。キリスト教と過去に対するノスタルジー――この二つこそは、大革命によってその基礎を木っ葉微塵にうちくだかれた王政が、旧体制を復活するためのテコにしようと望んだものであった。

まえにも触れたが中世賛美とキリスト教の美的再評価をとなえたシャトーブリアンは、こうした回顧的なロマン主義の本家本元と言える。一八〇二年に出版された彼の『キリスト教精髄』は青年層に熱狂的に迎えられ、のちのロマン派に大きな影響を与えたのである。古い貴族の出身であったシャトーブリアンは王政復古の初期には、極右王党派《ウルトラ》の政治家として活躍していた。こうしたことから、ロマン派の若い詩人たちも、はじめのうちは「王党主義とカトリック教」をスローガンにしていたのである。

一方、当時の国王ルイ一八世の政府の方も、『瞑想詩集』を出版したラマルチーヌを外交官として採用したり、ユゴーに年金を与えたりして、ロマン派の若い詩人を手厚く庇護したのである。

しかし、こうしたことから、ロマン主義は政治的には本質的に保守的であり、それ以外ではあり得ないと結論できるだろうか？　七月革命以後のロマン主義の歩みを見れば、そうではないと言うほかはない。それどころか、むしろ、王政復古時代にロマン主義と王党主義が結びついていたのは、つまりロマン主義がブールボン王朝を称え、ブールボン王朝がロマン主義を庇護したのは、双方に、何か根本的な誤解があったためではないかと思えるほどだ。それはまるで、飼主が猫と間違えて虎の子を飼っているようなものだ。虎の子の方でも自分は猫だと思っている、――その爪の威力がどんなものか、自分で自覚するまでは。……

ロマン主義の先駆的理論家は何も極右王党派のシャトーブリアンにかぎらない。まえにも述べたとおり、自由主義的な政治思想をもったためにナポレオン一世から迫害を受け、王政復古後も「穏健革命派」の立場をかたくなに守りつづけたスタール夫人も、ロマン主義の形成には少なからぬ寄与をしているのである。こう考えてみると、ロマン主義がその誕生に際して王党主義と結びついたのは、単に偶然の産物にすぎなかったのではあるまいか。ロマン主義＋王党主義というシャトーブリアン式図式の他に、ロマン主義＋自由主義というスタール夫人式図式も存在したのだ。しかも、ロマン主義＋自由主義という図式はスタール夫人一代かぎりで消滅したわけではない。王政復古時代の一八二四年には《グローブ》という新聞が創刊された。そして、この新聞に拠った批評家たちはスタール夫人から直接、間接に影響を受けた人びとであった。この《グローブ》紙は、古典派の批判に対抗してロマン主義的な作品を支持する批評活動を行っていたが、それと同時に、ロマン派を自由主義に近づけようと盛んにはたらきかけもしていた。つまり、大ざっぱに言って、ロマン派にはシャトーブリアン路線とスタール夫人路線の二つがあったと言えよう。

自由主義的ロマン主義

さらにもう一つ。ロマン主義が、古典主義の理性に対して情熱を、規則に対して自由を主張する文学であったことも考える必要がある。こうした因習や道徳に捉われない情熱を称え、個人の価値を重く見るロマン主義が、社会を古い体制のままに凍結しようとする王党主義といつまでも衝突しないでいることができるだろうか？　また、文学の解放と、政治的・社会的解放の主張は、少なくとも心情的には、非常に結びつきやすいものではないだろうか？

何度も述べたとおり、ユゴーはいわば王家の御用詩人としてデビューし、極右王党的な政治意識や歴史観をもっていた。しかしやがて彼は、一八二四年頃をさかいにしてぷっつりと、政治的な詩を書かなくなった。彼は「王党主義」に昔ほど熱意を感じなくなったのである。これには、伝記のところでも述べたように、父レオポルとの和解をとおして、ナポレオンを賛美するようになったこともあろう。また《グローブ》紙のはたらきかけや、この新聞の批評家サント＝ブーヴとの交流も影響が深かったであろう。しかしそれはなによりも、ユゴーがロマン主義の中にある自由や民主主義的な解放に向かう傾向に気がついた結果ではあるまいか？

「ことばを解放するものは精神を解放する」

一八三〇年には二つの「革命」がおこっている。まず最初におこったのが『エルナニ』の初演によるロマン主義革命で、これによって古典主義は崩壊してしまった。それから程なくして七月革命がおこったが、これは正真正銘の政治的革命で、ブールボン王朝は倒れ、ブルジョア的なオルレアン王朝、すなわち七月王政が樹立された。ところで、最初の革命の盟主ユゴーは、二番目の革命についてどのような感想をもったのだろうか？

ユゴーは一八三四年に『文学・哲学雑記』という評論集を出版しているが、そこには次のような感想が記されている。

「一八二〇年ごろ私が抱いていた王党的・カトリック的な古い見解は、一〇年来、年をとり経験を積むにしたがって、次々に崩壊していった。しかし、私の心の中にはまだその名残りがのこっている。とはいえ、それも宗教的・詩的な廃墟にすぎない。私はそちらの方をふり返り、ときどき敬意をこめて眺めはするが、もうその廃墟に行って祈りを捧げようとは思わない。」(「一八三〇年の一革命家がその考えを述べた日記」「一八三〇年九月」)

七月革命は正統王朝（分家のオルレアン家に対して、本家のブールボン王家による王朝をいう）に対する忠誠という呪縛《じゅばく》からユゴーを解放した。王政復古期も、ユゴーは徐々に政治的な進歩をとげてはいたが、一度仕えたブールボン王朝や王党主義を批判することに、良心の疼《うず》きのようなものを感じていた。そしてそれが彼に最後の一歩を踏み越えることを思いとどまらせていたのである。ブールボン王朝が消滅した今、彼はもうなんの遠慮もいらなくなった。そして彼は、今はまだ時期尚早だが、将来の政治形態としては共和主義が最も理想的だと断定した。七月革命はそのための第一歩だ。七月革命、「それは曙だ。」

このようにユゴーは、七月革命のころを契機として、政治的に自由主義の立場を明らかにするようになった。しかしここで重要なことは、彼がそれと同時に、自分がこれまで行ってきた文学活動に、新しい意味づけを与えようとしたことである。つまり、ユゴーは、自分が『クロムウェル』の序文で行った文学的解放が、実は政治的解放につながっていることに、遅まきながら気がついたのである。ユゴーは七月革命直前に書かれた「ドゥヴァル氏について」という評論で、次のように述べている。「ロマン主義は、これまで何度も誤った定義を与えられてきたが、要するに文学における自由主義に他ならない。」（『文学・哲学雑記』所収）

「エルナニ合戦」は七月革命と同質の事件である。ことばを解放するものは精神を解放し、人間を解放する、——規則の専制から、宗教的迷信から、そして政治的圧迫から。——彼はこうした観点をその後ももちつづけるばかりか、その傾向をますます強めてゆく。一八五一年に始まる亡命時代に出版された『静観詩集』の中では、ユゴーは青年時代を回想して次のように述べている。

そして私は四角四面の十二音綴《アレクサンドラン》の詩句の軍勢の上に
革命の風を吹かせ、
古い辞書に革命帽をかぶらせた。
もう上院議員として扱われる言葉もなく、平民として扱われる言葉もない。
……
そうだ、私は言葉のダントンだ！　ロベスピエールだ！
（第一編、七）

もちろん、七月王政時代のユゴーが、こんな過激な言葉を語ったというわけではない。それどころか、この時期のユゴーの自由主義にはいろいろの点で限界があったのである。『文学・哲学雑記』でも、ユゴーはたしかに、原則として革命を認め、革命に賛辞を捧げている。しかし、そうした言葉のうらには、民衆の暴力に対するユゴーの根強い恐怖心が執拗に見えかくれするのである。

ユゴーの「自由主義」の限界

「恐怖政治（九十三年の）を後から理論づけようとしている多くの冷たい理屈屋は、九十三年は乱暴な、しかし必要な外科手術だったと言う。ロベスピエールは政界のデュピュイトラン（有名な外科医）だし、ギロチンはメスにすぎないというわけだ。

そうかも知れない。しかし今後は、社会の病いはメスによってではなく、ゆっくりとした漸進的な血液の浄化、失われた体液の慎重な再吸収、栄養のある食事、体力や肉体的機能の訓練、食餌療法、こうしたものによって治療されなければならない。もう外科医には頼らず、内科医に頼むことにしよう。」（「一八三〇年の一革命家がその考えを述べた日記」「一八三〇年八月」）

またユゴーは、「一八三〇年七月以後、我々に必要なものは共和主義的な状態と、君主政という体裁である」（同前）とも述べている。このことばを見てもわかるように、ユゴーは君主政自体を否定していたわけではないのである。そして、君主政のもとでも「内科的治療」によって社会改革を行い、共和主義とほとんど変わらないような進歩的な政策を実現できると考えていたのである。

こうした、政治体制が変わらなくとも社会改良が可能だという考え方を、ユゴーはずいぶん長くもち続けることになるのである。もちろん、さきにも述べたとおり、ユゴーは、将来のプログラムとしては共和主義が人類の最終的な政治形態だと考えていた。しかし彼は、民衆が無知と貧困の中にとどめられているかぎり共和政体は時期尚早である。何よりもまず、自らの政権を担うにたりる啓蒙された民衆を育成するための社会改革が第一に必要だ、と考えていたのである。こうした考えは、ある程度は、文学者らしい空論だと批判されてもしかたがないものだが、しかしそれは同時に、詩人として、小説家として、同時代の社会をけんめいに見つめようとし、そこに目をおおうばかりの悲惨を見出した人間の誠実な反応でもあったのだ。

文学の社会性

ユゴーのこうした発言は、文学者が、その本来の芸術活動とは無関係に、余技として、政治や社会について感想をもらしているということでは決してない。ユゴーの場合、そうした同時代の社会や政治的動向に対する関心はいつも、彼の文学そのものとかかわっている。七月革命以後、ユゴーは「文学の社会性」について盛んに発言するようになるのである。それでは次に、この「文学の社会性」という問題について見てゆくことにしよう。

ところで、この「文学の社会性」ということばから、読者がマルキシズムの文学理論だとか、サルトルの「参加《アンガージュマン》の文学」だとかを思いうかべるとすれば、それは少し性急だろう。もちろん、ユゴーの見解とそうした近代的な文学論とのあいだになんらかの関係が存在することは、十分考えうることである。しかし、ここではそんな大それた議論を展開するつもりは毛頭ない。それよりも簡単に指摘できるのは、ユゴーの、そしてもっと一般的にロマン主義の「文学の社会性」についての論議が、西欧文学の古い伝統から発しているという点である。それは、すでにギリシア時代から見られる「神に信託をうけた詩人の神聖な使命」という考え方である。

ギリシアの哲学者プラトーンによれば、詩人とは、神のことばを繰りかえすもののことであった。またルネサンスの詩人ロンサールは《神は詩人たちの胸に宿っている》とうたった。こうした考えは、古典主義が支配した一七世紀や一八世紀には顧みられなくなったが、一八世紀末から一九世紀初めにかけてふたたび流行するようになった。この流行の先鞭《せんべん》をつけたのはサン＝マルタンやバランシュなど、フランス革命の混乱の中で数多く現れた神秘思想家たちであった。一八二〇年代に生まれたばかりのロマン主義も、そうした伝統をほとんど全面的にうけいれている。ラマルチーヌは「熱狂」という題の詩を書いて、詩人の霊感とは神と格闘することにほかならないと述べている し、ヴィニーも「モーゼ」という詩で、詩人の孤独を、神の言葉を聞き人びとを導く使命をうけた予言者に託して描いている。

ユゴーもこうした風潮に無縁ではなかった。いや、それどころか、彼はロマン派詩人の中でも、文学に対して最も高い抱負をもっていた詩人だったと言わなければならない。ユゴーの作品を見れば、文壇にデビューして以来ほとんどどんな時期にも、「詩は単なる言葉の遊戯ではなく、詩人は神から霊感を受け、神から神聖な使命を委ねられている」という考えを、ユゴーがもっていたことがわかる。

では、詩人は一体どんな使命をもっているのだろうか?

青年時代以来、ユゴーの政治信条が徐々に変化してきたいきさつについては、さきに述べたとおりである。政治信条が変化すれば、詩人が社会に対してもつ役割や、詩人が神から与えられた使命の内容も変化することは当然であろう。つまり極右王党派《ウルトラ》時代には極右王党派的な「詩人の使命」があり、自由主義時代には自由主義的な「詩人の使命」があるのだ。事実、青年時代のユゴーが表明する「詩人の使命」の内容はひどく反動的・回顧的である。彼は『新オード集』(一八二四)の「序文」などでは、《フランスの社会は大革命によって混乱してしまったが、詩人は言葉の力によって、そうした混乱した社会を穏やかなものにして、旧体制《アンシャン・レジーム》にあったような社会的調和をふたたび実現させなければならない》といった意味の意見を述べているのである。

七月革命前後、ユゴーが「カトリック教と王党主義」という古いイデオロギーを棄てるようになると、そうした反動的・回顧的な「詩人の使命」観も、同時に棄てざるを得なくなった。しばらくのあいだ、ユゴーの中の「詩人の使命」は沈黙を余儀なくされる。というのも、彼はどんな「使命」を果たせばよいのかわからなくなってしまったのだから。……この「詩人の使命」の休止期間に生

「天の火」(『東方詩集』)　　ルイ＝ブーランジェ筆

まれたのが純粋詩の傑作『東方詩集』(一八二九)である。この詩集の中には奇抜な韻、多彩な詩形、絢爛《けんらん》たる色彩美、こうしたものが惜し気もなくちりばめられている。

雲は裂けた！
紅蓮《ぐれん》のほのおが
雲の脇腹をひき裂いて、
深淵のようにおしひろげ、
くずれ落ちる宮殿に
硫黄の雨となって降りそそぎ、
ゆらめいて投げかけた、
血の色の閃光を
白い破風《はふ》に。

(一「天の火」)

こうした響き高いイメージが壮大な交響楽をかなでている

一方で、「詩人の使命」の方は一時完全な沈黙をまもったのである。

新しい「詩人の使命」　しかし、そうした状態は長くは続かなかった。七月革命以後、ふたたび自分の進むべき道を見出したユゴーは、新しい「詩人の使命」を携えて登場するのである。そしてこの新しい「詩人の使命」の中で、詩人が奉仕すべき対象はもはや王家でもなければフランスの伝統でもない。それは民衆である。共和政体は将来に実現されるべき理想である。しかし、そのためには民衆は啓蒙され、その倫理性を高められなければならない。とすれば、未来を予見し、予言する詩人のつとめは、民衆を教化、啓蒙し、未来への道をひらくことではないか？　ユゴーは七月王政時代、次々と演劇を発表しているが、そうした演劇の序文では次のようなことばが頻繁に繰りかえされている。

「演劇は……国民的使命、社会的使命、人間的使命をもっている。……詩人もまた（宗教家と同じように）魂を導く責任をもっているのだ。」（『リュクレース・ボルジヤ』の「序文」）

「演劇は、……民衆に哲学を、思想に形式を、詩に筋肉と血と生命を与えなければならない。考える者には打算のない説明を、のどの渇いた者には飲物を、ひそかな心の傷には癒やす薬を、各人に慰めを、すべての人びとに掟を与えなければならない。」（『パードヴァの専制者アンジェロ』の「序文」）

一八三四年に出版され、ユゴーの自由主義への転向を明確に宣言した『文学・哲学雑記』の序文「この本の目的」には、こうした演劇観がもっと詳細に述べられている。

「劇場は今日、民衆にとって、教会が中世につとめた役割、つまり民衆を引きつける中心という役割を果たしている。こうした状態が続くかぎり、劇詩人は行政官や司法官よりも重大な役割、つまり、ほとんど聖職者と同じような役割を果たすことになる。……現代の芸術は単に美ばかりではなく、善をも求めなければならない。」

もし、ユゴーが主張するように、劇場に行くのに、教会に行くような心づもりをしなければならないとしたら、なんとも気の重い話である。そのうえ、役者のせりふがお説教のように退屈だとしたら、これはもうやりきれない。しかし心配御無用！　ユゴーの劇はけっして教訓臭くないし、また文学作品としても十二分に楽しめるものなのである。ユゴーにとって、教化することと楽しませること、善をめざすことと美をめざすこと、それは同一のことなのである。詩人は世界でいちばん神聖な職業だ。というのも、詩人は司法官のように強制せずに人びとを従わせ、聖職者のように退屈させずに人びとを神の方に導いてゆくからである。

社会問題への関心

では、「現代の芸術」は一体どんな社会的使命をもっているのだろうか？　この問題が比較的明瞭な形で現れるのは、『死刑囚最後の日』（一八二九）

と『クロード・グー』（一八三四）の二つの社会小説である。

『死刑囚最後の日』はユゴーの三番目の小説にあたるが、ここではじめてユゴーはフランスの現代社会を小説のテーマにしている。死刑囚のモノローグという形式で書かれたこの小説で、ユゴーは、死刑直前の死刑囚の心理を迫真力をもって描き、死刑という制度の非人間性を訴えている。

一八三四年に出版された『クロード・グー』という小説も、同じような発想で書かれた作品である。能力もあり意欲もありながら、クロード＝グーは貧しさのゆえに盗みをはたらき、徐々に転落してついには殺人を犯し死刑に処せられる。こんな筋をもったこの小説で、ユゴーは、個人の犯罪のほんとうの責任は社会制度とその不正、不平等にあることをはっきり意識している。我々には、貧しさのために罪を犯す人びとを罰する権利があるのだろうか？　苛酷な刑罰で犯罪者をふるえあがらせたところで、犯罪のほんとうの原因である貧困と社会的不平等をなくさないかぎり、犯罪もあとを絶たないのではないだろうか？　そして、今、ほんとうに必要なことは、無知と貧困を社会から一掃し、犯罪者を温和な手段によって教化することではないだろうか？——こうした主張をもった小説『クロード・グー』の主人公はすでに、亡命時代に刊行された社会小説の傑作『レ・ミゼラブル』のジャン＝ヴァルジャンを予告している。

なお、こうした小説でユゴーは、古典派ならば目をむきだしそうな生々しい描写や言葉をどしどし利用するようになっている。たとえば、『死刑囚最後の日』では「浮浪児《ガマン》」という言葉を使ったために、お上品な人びとから激しい非難をうけている。そのほかにも、ユゴーはさまざまな犯罪者の陰語《アルゴ》を利用して効果をあげている。『クロムウェル』の「序文」でユゴーは、現実をいっそう適確にとらえ、いっそう忠実に反映するために、芸術を古典的規則から解放せよととなえた。こうして文学上の自由主義は、期せずして政治的な自由主義と歩調をあわせることになったのである。

こうした社会問題に対する関心は、このころユゴーが発表した四つの詩集（『秋の木の葉』（一八三一）『薄明の歌』（一八三五）『内心の声』（一八三七）『光と影』（一八四〇））にも色濃く反映されている。彼は、他のロマン派詩人がともすれば陥りがちだったロマンチックな感傷に陶酔もしなかったし、また、ヴィニーのように美の「象牙の塔」に閉じこもって芸術家の孤高を守ろうともしなかった。ユゴーは現実の泥にまみれ、自分の時代の社会的・政治的現実と密接に結びつこうとしたのである。彼は、次のような詩で、自分の魂は社会のあらゆる事象をうたう「朗々たるこだま」だと述べている。

それというのも、恋愛や墓や栄光や人生、
ひきもきらずにうち寄せる人の世の波、
好ましくあれ忌まわしくあれ、あらゆる息吹、あらゆる光が
わたしの水晶の魂を照りかがやかせ、うちふるわせるからだ、

わたしの深く愛する神が朗々たるこだまとして
万象の中心に置いた、千の声をもつわたしの魂を！

（『秋の木の葉』一）

ここには「詩人の使命」観についての重大な変化がある。たしかに依然として、詩人は神から使命を託されている。しかし、詩人は天から届く神の言葉に聞き入るだけでは十分ではない。詩人は現実を観察しなければならない。いや、詩人は文字どおり現実に共鳴しなければならない。人びとが何を信じ、何を悲しみ、何を苦しんでいるかを察知し、そうした感情の波を自分の魂の中で増幅し、そしてより「朗々たるこだま」としてひびかせなければならない。そして一番大事なのは、詩人は、社会の不正の中で苦しむ民衆を見棄ててはならないということである。

憎しみや破廉恥な行いが
ざわめく民衆を苦しみにおとしいれているとき、
旅仕度をして去りゆく者にわざわいあれ！
ろくでもない精神的な不具者となって、
役にもたたぬたわごとを吐きちらし、

町の門をあとにする思索屋よ、恥を知れ！

（『光と影』一「詩人の使命」）

(2)『リュイ・ブラース』

ロマン派演劇の傑作

ユゴーは七月王政時代、リールの貧民窟や監獄などを訪れて、一人の囚人を主人公にした小説を書く準備をしていた。この小説ははるかのちの一八六二年に『レ・ミゼラブル』と題して出版されることになるが、こうした見聞をとおして、ユゴーの社会問題に対する視野はますます拡げられていったのである。

しかし、七月王政時代のユゴーの社会的・政治的問題に対する考え方に、ある種の限界があったことはさきにも指摘したとおりである。そうした限界の第一の理由としてはやはり、ユゴーが社会問題を政治の問題から切りはなして考えていたことを挙げなければならない。社会問題を政治から切りはなすことによってユゴーは、すべての誠実ではあるが、空想的で理想主義的な文学者が陥りがちな誤りに陥ったのだ。ユゴーは、もし一つの政府が安定した指導力と卓越した指導者をもちさえすれば、それが絶対王政であろうと帝政であろうと、また立憲王政であろうと、愛と正義に基づいた理想的な社会が実現されるだろうと考えていた。七月王政下のユゴーの「民主主義」が、ブルジョア的な立憲王政支持以上のものではなかったのは、そうした理由によるものである。

ユゴーが一八四一年にアカデミー入りを果たし、さらには、オルレアン家、とくにオルレアン公妃の後おしで、一八四五年には貴族院議員になったことは、さきに述べたとおりである。そして、この時期のユゴーの政治についての考えが最も表れているのは、ロマン派演劇の最高傑作の一つといわれる『リュイ・ブラース』(一八三八)であろう。

——スペインの王妃の侍女をだましたために、王妃の不興をこうむって追放された貴族ドン＝サリュストは、王妃に復讐しようとし、彼女を恋していた自分の下僕のリュイ＝ブラースを、自分のいとこでリュイ＝ブラースと瓜二つのドン＝セザールであるといつわって宮廷に送りこむ。そして、リュイ＝ブラースに、王妃の機嫌をとって愛人になれと命ずる。正義感と才能とをあわせもっていたリュイ＝ブラースは王妃に重く用いられて首相になり、腐敗したスペインを再生させようとし、これに心を打たれた王妃と恋仲になる。だがこのとき、ドン＝サリュストが現れ、奸計を用いてリュイ＝ブラースと王妃をあいびきさせてしまう。そしてその現場をとらえ、王妃の恥を天下にさらすと脅して、退位をすすめる。だが、リュイ＝ブラースは王妃に自分の身分をあかしてドン＝サリュストを殺し、自分は毒を飲んで死ぬ。——

身分は卑しいが高潔な魂をもったリュイ＝ブラースは、理想化された民衆の象徴である。この「民衆の子」リュイ＝ブラースに、エゴイズムにみちた富裕な権力階級のひながたドン＝サリュストが対立させられている。また首相となったリュイ＝ブラース、「民衆の子」によって統治されるスペイン王国とは、さきに引用した『文学・哲学雑記』の「一八三〇年七月以後、我々に必要なものは共和主義的な状態と、君主政という体裁である」という言葉そのままではないだろうか？　つまり、《民衆の魂をもち、民衆の苦しみに共感できる人間が政治を行えばそれでよい。王政であろうと帝政であろうと、権力の形式は問わない》という考えが、ここでも繰りかえされているのである。そして、リュイ＝ブラースがスペイン王国で行ったことを七月王政下で行うのに、ユゴーほど適任な人物が他に存在しようか？　というのも、ナンシーの指物師を祖父にもっていたユゴーもやはり「民衆の子」であった。そのうえ、ユゴーはオルレアン王家の寵愛を一身にうけた詩人であった。――こう考えてみると、リュイ＝ブラースが恋したスペイン王妃が誰をモデルにしているか、おのずからわかってくるではないか。ルイ＝フィリップの王太子の妻オルレアン公妃は、ユゴーの熱烈なファンだった。またユゴーの方でも、やがては王妃になるべき、若くて美しいロマンチックな女性に対して、男性としての止みがたい賛美の念を禁じ難かった。ユゴーの伝記を書いたモロワによれば、ユゴーが公妃に宛てて書いた、いわくありげな手紙の下書きさえ残っているそうである。

貴族院議員ユゴー　一八四五年に貴族院議員となったユゴーが、リュイ＝ブラースの野心（と言えば生臭すぎるので、理想と言うべきだろうか？）を、いよいよ実現する時が来た。しかし、ビヤール夫人との姦通さわぎのスキャンダルで、ユゴーはしばらくあいだ、公的な活動から退いていた。そして、ビヤール事件のほとぼりがさめた一八四六年二月、ユゴーは議会雄弁家としてはじめてデビューしたのである。その議題はというと、なんと「意匠登録と商標権」の問題だった！　現実とはこんなふうに、いつでもあまり劇的ではないものなのだ。さすがのユゴーも、こんな議題では、どんなふうに彼の雄弁を発揮すればよいのか分からず、とまどって繰りかえしばかりが多い。

ユゴーが貴族院でこんなことをやっているあいだに、パリの街頭は騒がしくなりはじめていた。長年のあいだ内乱を経験しなかったフランスも、ようやく現政権に飽きはじめていた。こうした人心をいちはやく察知したラマルチーヌは代議院で反政府派にまわり、そして七月王政末期に流行した街頭での「改革宴会」では、主役をつとめるようになっていた。七月王政は危機に瀕していた。経済危機がフランスを襲っていた。パリの民衆のあいだには不穏な空気がただよっていた。革命は必至だった。ところが、王家との親交という生ぬるい雰囲気にひたっていたユゴーは、こうした時代の動向に全然気がついていなかったのである。

三、政治の季節――一八四八～五一

(1)『懲罰詩集』

おお祖国を追われた者たちよ、未来は諸国の民のものなのだ！　平和、栄光、
　そして自由が、勝利の戦車に乗って戻ってくるだろう、
車軸を雷《いかずち》のようにとどろかせながら。
今は勝ち誇っているあの犯罪も、しょせんは煙のような幻影にすぎない。
それは私がうけあおう、天を凝視しながら、
　夢想するこの私が！

「夜」と「光」　これは、ユゴーが一八五三年に出版した『懲罰詩集』の最後の詩「光」の一節である。我々は本書の「思想編」でユゴーの思想の変遷を年代順に辿ってきた。しかしここではまず、第二共和政時代（一八四八～五二）を一またぎして、ユゴーの亡命時代の最初の詩集『懲罰詩集』を検討すること

から始めよう。伝記のところでも述べたように、第二共和政時代は、ユゴーが現実の政治に参加し、政争の渦にとっぷりとひたった時期である。亡命直後に出版されたこの詩集を検討することによって、我々はそうした政治体験がユゴーにとってどんな意味をもっていたかを理解することができるだろう。

我々がここで明らかにしたいのは次のような点である。七月王政時代の貴族院議員ユゴーは第二共和政時代の政治体験を通じて、どのように、また、どうして、不屈の共和主義者となったのか？善意をもった権力者による社会改革を夢みていた七月王政時代のユゴーがなぜ、ルイ－ナポレオンに対する頑強な抵抗者になったのか？　こうした問題にすっきりとした形で答えるのはなかなかむずかしいが、ともあれ、第二共和政を経験したユゴーが、どんなところに到達したのか、『懲罰詩集』を分析しながら見ていくことにしよう。

『懲罰詩集』に収められた大部分の詩は、亡命の地ジャージー島で一八五二年の秋から翌年の秋にかけて制作された。つまりこの詩集は、ルイ－ナポレオンのクーデター（一八五一年一二月二日）の記憶もまだ生々しく、クーデターに対するユゴーの怒りも絶頂にあった時期に書かれた作品なのである。この詩集の全編は、冒頭に引用したような熱っぽい調子に終始している。詩集の全体は七巻に分かれている。この七巻の中でユゴーはいろいろな詩形、豊富な語彙《ごい》、シャンソン、叙事詩などありとあらゆる形式を駆使して、いまや皇帝となったルイ－ナポレオンを罵倒し、共和思想を称え、ルイ－ナポレオンの帝政に対して民衆の蜂起を呼びかけている。この七巻の前後には、序詩「夜」と最後の詩「光」がつけられているが、その寓意《ぐうい》は明らかである。ユゴーはこの詩集でルイ－ナポレオンの罪業を筆をつくして告発したのち、最後の詩「光」で、未来の輝かしい理想の共和国を予言しているのである。

「狂気じみた荒々しさ」

有名なユゴー研究家ピエール＝アルブーイは、『懲罰詩集』には「狂気じみた荒々しさ」が宿っていると述べている。実際、この詩集は「大罪人」ルイ－ナポレオンとその一党を、文字通り懲罰するための詩集なのである。この詩集にはユゴーの恨み、憎悪、敵意、復讐心、こうしたものすべてがみなぎっている。これは「怒り」をそのまま結晶させたような作品である。ユゴーは「法衣のジャーナリスト」という詩編（第四編、四）で、ルイ＝ヴイヨのようなカトリックの批評家にむけて次のように叫ぶ。そうした批評家たちはルイ－ナポレオンのクーデターを容認して、常々反ユゴー的な評論を書いていたのである。

　私が相手だ、剣を抜け！
「決闘などと！　我々はクリスチャンです！　めっそうもない！」悪党どもは、

こう言って十字をきり、聖人の名をつぶやきながら、誓いのことばをはく。

……

それではよく聞け。ここにつくりたての棍棒がある。
これで、おまえたちのあごが舗道にゴツンとぶつかるほど、ぶちのめしてやる。

同じ時期に書かれたが、結局『懲罰詩集』には収められなかった「シャンソン」という詩には、次のような一節がある。そこに現れた憎悪のすさまじさには、一瞬たじろぎをおぼえるほどだ。

しかし、私の心を占める数ある夢想の中でも
とりわけ私の魂に快いもの、
それは、心臓に剣をつきたてられて、
あえぐ暴君の姿である！

（『精神の四方の風』三、七「シャンソン」）

こうしたことばの暴力を、悪趣味なものと感じる人もいるかもしれない。しかし、ある意味では、こうした何か非常識なまでにいきすぎたもの、度はずれな過剰さが、亡命以後のユゴーの作品

詩神「怒り」（『懲罰詩集』の挿絵）
J.-P. ローランス筆

の大きな魅力の一つになっていることも事実なのである。ここで序詩「夜」の最後の一節を引用しておこう。この一節は『懲罰詩集』の全体の性格をよく示している。

ユウェナリス（ローマの風刺詩人）が愛した汝、
熱い溶岩でいっぱいな汝、
ダンテの凝視するまなざしの中で光り輝いて
いた汝、
詩神「怒り」よ！　来れ、そして今私とともにうちたてよう、
悪運のつよい、光り輝くあの帝国の上に、
神の怒りの雷《いかずち》をまぬかれた勝利の上に、
さらし台をいくつもうち建てて、それを一つの叙事詩としよう！

ユゴーは神の雷《いかずち》にかわって「言葉」でルイ－ナポレオンを鞭うち、ルイ－ナポレオンを『懲罰詩集』という「さらし台」に引きたてて、彼を歴史の審判にさらす。……つまりユゴーは、「怒れる

神」の代役をやろうとしているのだ。そしてこの「代役」はなかなかの名優である。

この詩集の中でもとくに傑作であると見なされている詩編「贖罪《しょくざい》」（第五編、一三）は叙事詩的な壮大な描写を伴った作品である。この詩編でユゴーは、ナポレオン三世はナポレオン一世のパロディーでしかないという意見を述べている。ユゴーは、モスクワからの退却やワーテルローの敗戦など、ナポレオン一世の没落の壮大さを描き、その返す刃でナポレオン三世の勝利の卑小さを嘲笑する。……中でもこの詩の冒頭の、ナポレオン一世の軍隊のロシアからの敗走を描いた詩句はとくに有名である。

雪降りしきる。……
初めて鷲は頭をたれた。
暗い日々よ！　皇帝はのろのろとひきかえす、
炎に煙るモスクワをあとにして。
雪降りしきる。きびしい冬が雪崩となってとけてゆく。

『懲罰詩集』はこのように、ルイ－ナポレオン攻撃といういきわめてアクチュアルな目的をもっている。しかしこの詩集が、そうした政治的パンフレットとしての意味しかもたないと考えるならば、それは誤りであろう。ユゴーはナポレオン攻撃というたった一つのテーマを、ありとあらゆる文学技法を尽して展開しているのだ。フランス文学史の中にも風刺詩は数多くあり、一つの伝統にさえなっているが、この詩集がその中でも最高傑作の一つと考えられている理由はそこにある。

さて、この詩集に見られるユゴーの政治的見解が、さきの章で見たような七月王政時代のユゴーの態度と、根本的なところで大きく違っている点に、すでに読者は気づかれたであろう。七月王政時代、ユゴーは政治と社会問題を分け、王政であれ帝政であれ、そうした政治形態とは無関係に社会問題を解決できると考えていた。だが、この詩集では、ユゴーは第二帝政という現実に存在する一つの政権をむこうにまわし、それに対して「言葉」の制裁をくわえて、この政権を打倒しようとやっきになっているのである。最後に一番重要なことは、ユゴーが訴えかける相手が変化したことだ。七月王政時代、ユゴーは『リュイ・ブラース』に見られるように、権力をもった人びとの良心と義務感に訴えかけていた。『懲罰詩集』でユゴーが訴えかけるのは、権力をもたず、無知と貧窮の中であえぎ、そして沈黙している「民衆」に対してである。彼が、「おまえはこの男（ルイ＝ナポレオン）を殺しても、良心のうずきなど感じないですむだろう」（第三編、五「海岸」）と語り、また前言をひるがえして、《ルイ＝ナポレオンを殺してはならない。その最終的な懲罰は神に委ねなければならない》（第三編、一六「否」）と語りかける相手も「民衆」なのである。

では、こうした変化はどういう理由でおこったのだろうか？　どうしてユゴーは七月王政時代の超然とした態度を棄てて、民衆の煽動家となることも辞さなくなったのだろうか？　次に第二共和政時代のユゴーの議会演説などを検討して、この理由を探ってみよう。

(2)　騒乱の中で

二月革命とユゴー　七月王政時代の貴族院議員ユゴーから第二帝政時代の亡命者ユゴーへの道のりを辿るにあたっては、重要な中継点がいくつかある。その第一はもちろん二月革命である。二月革命のとき、ユゴーはどんな態度をとったのだろうか？

伝記の項でも述べたとおり、ラマルチーヌがパリの市庁舎で共和政を宣言したちょうどそのころ、ユゴーは武装した民衆をまえにして、オルレアン公妃による摂政制を支持するように呼びかけ、集まった群集からやじりたおされていた。ユゴーは情勢を完全に見誤っていた。あるいは積年の野心が彼を盲目にしていたのかもしれない。オルレアン公妃の摂政制が実現されていれば、ユゴーが公妃から重く用いられることは、ほとんど確実だっただろう。だが、二月革命は、ユゴーが『リュイ・ブラース』で描いた夢を微塵にうちくだいてしまったのである。

すでに述べたとおり、七月王政時代にも、ユゴーは決して頑迷な王党主義者だったというわけではない。彼は原則としては、共和政を認めていたのである。しかしユゴーは、一八四八年の革命か

二月革命

ら生まれた第二共和政の成立の仕方については、はなはだ不愉快な感じをもっていた。共和政は理想の政体である。そんな理想の政体が、暴力的な「群集」の圧力で実現するなどということがあろうか？　ユゴーは穏健なラマルチーヌの共和主義には信頼を寄せ、ラマルチーヌの政府が行っていた社会政策には満足していた。しかし街頭では社会主義や無政府主義の政治クラブが活動し、政府に圧力をくわえていた。ユゴーはそうした極左勢力が、フランスにふたたびフランス革命時代の恐怖政治をもたらすのではないかと恐れていた。

一八四八年六月には立憲議会の補欠選挙が行われたが、ユゴーはこれに立候補して当選している。このときの彼の立候補演説には、無政府状態や社会混乱、恐怖政治に対する彼の懸念がよく現れている。彼はそこで二種類の共和政がありうると述べている。

《一方の共和政は三色旗を打ちたおして赤旗をかかげ、「自由、平等、博愛」という神聖な標語に「しからずんば死を選べ」という不吉な選択の言葉を加え、貧者を富ますことなく富者を破産させ、労働を根絶し、所有権と家庭を破壊し、ヨーロッパ文明を灰燼《かいじん》に帰せさせ、自由を刺殺し、神を否認するテロリスト的な共和政であります。もう一方の共和政は、フランス国民の、また将来は諸民族の民主主義的原理における神聖な共感である共和政であり、これは暴力のない自由、各人の成長をゆるす平等、自由人にふさわしい友愛を創始します。刑法に寛大さを、民法に和解を導きいれ、所有権を労働の結晶とみなし、産業、学芸、思想の繁栄をはかり、野蛮の二つの形式である暴動と戦争を解消します。要するに、神のまなざしのもとに、全人類をみごとに抱擁させる共和政であります。》(『言行録（亡命以前）』「政治集会」四)

では、こんな立候補演説を行って議会に入ったユゴーは、議会で具体的にどんな行動をとるのだろうか？

六月事件

ユゴーが立憲議会に登場したころ、議会では「国立仕事場《アトリエ・ナショナル》」の問題が盛んに物議をかもしていた。伝記のところでも述べたように、第二共和政の臨時政府には、当初は、ルイ＝ブランのような社会主義者も含まれていた。国立仕事場はそのルイ＝ブランによって立案された制度で、労働者を集めて公共事業を行い、仕事がない場合も最低賃金を保証するという、当時としては画期的な社会政策であった。しかしやがて、革命の熱気も冷め、穏健共和派と社会主義派が対立するようになると、ルイ＝ブランは政府から追い出された。そして穏健共和派が支配していた議会も、国立仕事場を廃止しようとしはじめた。この問題についてユゴーは、はっきりと国立仕事場反対の立場をとっている。彼は六月二〇日に議会で、《国立仕事場は労働者に施《ほどこ》しをしているにすぎない。労働は労働者に尊厳を与えるが、施しは労働者を堕落させるだけだ》（『言行録（亡命以前）』「憲法制定議会」一）といった内容の演説をしている。

この演説には、ユゴーが労働というものを、たいへん神聖視していたことがよく表れている。ユゴー自身も青年時代をひどい貧困の中ですごしたし、また彼は、そうした苦境を自ら切り開いてきたという自負ももっていた。そんなユゴーであっただけに、「国立仕事場は五体健全な人間に怠惰な生活を強制する不健康な制度だ」としか思えなかったとしても、あながち無理もないことかも知れない。

しかし、国立仕事場が、立案者のルイ＝ブランが考えたように正常に機能しなかったのは、議会内の保守派の邪魔立てがあったからだった。それに議会の保守派は国立仕事場についてひどいデマを流してもいた。彼らは国立仕事場の閉鎖を手はじめに、労働者の運動そのものを抑圧しようとしていたのである。ユゴーは結局、右派のそうした政治的思惑に気がつかないままに、右派に同調することになってしまったのだ。

一八四八年六月二一日、議会は国立仕事場の閉鎖を決議した。議会のこうした動きに不信をもったパリの民衆はこれに抗議し、最後の反撃に出た。六月二三〜二六日の四日間、パリで蜂起の嵐が吹きあれた。「六月事件」である。六月事件がカヴェニャック将軍によって鎮圧されて、社会主義勢力は壊滅的な打撃をうけ、これをきっかけにフランス第二共和政の右旋回が始まったことはさきに触れたとおりである。カヴェニャック将軍は議会から委任されて戒厳令を継続し、新聞を弾圧し、急進的な政治クラブを閉鎖させ、この事件の参加者に厳格な処罰を加える。こんな弾圧をうけて、パリの急進的な左翼はすぐに息もたえだえな状態になってしまう。のちのルイ－ナポレオンのクーデターがあんなにやすやすと成功してしまう遠因はそこにあった。が、ともあれ、ユゴーは六月事件以来の一連の事態にどのように反応したのだろうか？

国立仕事場問題の例にも見られるとおり、六月事件のころまでユゴーは、結果的には議会内の王党派と共同歩調をとっていた。六月事件のときにも、ユゴーは議会の派遣委員として軍隊に同行し、バリケードの労働者を説得する役目をひきうけている。しかし、六月事件鎮圧後も議会が労働者勢力と対決的な姿勢をとり続けるのを見て、ユゴーは王党派に対して不信を抱くようになった。さきの立候補演説でも見られるとおり、彼が夢みた理想の共和国は「神のまなざしのもとに、全人類をみごとに抱擁させる共和政」であった。ユゴーにとって守らなければならないのは「資本家の利益」でも「労働者の利益」でもなく、ただ「人類の利益」だった。それだからこそ、彼は六月事件の際、労働者の蜂起を支持するわけにはいかなかったのだ。しかし暴動が終わり、極左勢力が壊滅してなお、王党派をはじめとする議会保守派が労働者を敵視し、自分の利益だけを守ろうとし続けるとすれば、……

八月一日には、ユゴーの機関紙《エヴェヌマン》が創刊されたが、その創刊号では「六月事件」について次のような感想が述べられている。《左右の両極端が、闘争を好む精神によって「所有者」と「労働者」を対立させ、その結果、反乱がおこったのだ。いま必要なのは「所有者」と「労働者」を和解させることである。》

六月事件以後、ユゴーの態度は微妙に変化した。もとよりユゴーは、この事件そのものを支持するわけではない。しかし彼は同時に、この事件を弾圧する側も支持するわけにはいかなくなったのである。カヴェニャック将軍をはじめとする議会保守派の強圧的政策は、「所有者」と「労働者」の対立を激しくさせるばかりだ。

第二共和政の初代大統領を選ぶ時期は迫ってきた。カヴェニャック将軍は穏健共和派に押されて、有力な大統領候補だった。しかし、六月事件を弾圧した彼に、「所有者」と「労働者」の宥和をはかる力があるだろうか？　彼でなければ、では誰が？……

ルイ＝ナポレオンの登場

そんなころ、ラ＝トゥール＝ドーヴェルニュ通りにあったユゴー家に一人の男が訪ねてきた。それは「ものさびしそうな様子をした醜男」で、「どこか夢遊病者めいたところはあるが、しかし、さすがに人品いやしからず、まじめで、ものやわらかで、育ちがよく、つつしみぶかい人物」（モロワ『ヴィクトル・ユゴーの生涯』第七部、二）であった。彼もまた立憲議会議員であったが、同僚議員であるユゴーにむかって、《私は英雄ナポレオンではなく、市民ワシントンになりたいのです》（同前）と、慎しやかに述べた。この男こそ、ラマルチーヌ、カヴェニャックに続いて、第三の大統領候補として注目されはじめていたルイ－ナポレオンだった。

ルイ－ナポレオンはナポレオン一世の甥で、ボナパルト家の帝位継承権をもった人物であった。彼は七月王政時代、ボナパルト家復興のために二度ばかり蜂起を実行している。また彼は、二度目の蜂起が失敗したとき、アムの監獄に入れられたが、そこで『貧困の絶滅』という、社会政策の必要を訴えたパンフレットを書いている。ルイ－ナポレオンは根っからの野心家だったが、二月革命以後は共和国に忠誠を誓い、自由主義者のふりをよそおっていた。

ユゴーはルイ－ナポレオンが「私は自由人であり、民主主義者なのです」と繰りかえすのを聞いて、彼を信用するようになってしまった。なにしろ「ナポレオン」という名はフランス国民の間ではたいへん人気があった。しかもルイ－ナポレオンは社会政策の必要を訴えており、また健全な市民としての意識をもっている。――この男こそユゴーが待ち望んでいた人間ではなかったか？　皇帝の名をもった自由主義者ルイ－ナポレオン、――彼こそ、「所有者」と「労働者」の対立をなくし、フランスに社会的安定をふたたびもたらす救世主となることができるのではないだろうか？……それに、実を言うと、ユゴーは、風采のあがらない、いかにも弱々しそうなこの男ならば、自分が後見人となって指導し、自分が夢みている理想的な政治を実行させることができるかもしれない、と期待しないでもなかったのである。またしても『リュイ・ブラース』のテーマの再来。……

ともあれ、この会見以後、ユゴーは彼の機関紙《エヴェヌマン》で、熱烈なルイ＝ナポレオン支持を行うことになる。当票日前日の《エヴェヌマン》紙の記事は、まるで神に捧げる賛歌のような熱っぽい調子で、次のようにナポレオン一世を賛美している。「ナポレオンは死んではいない。そうだ！　我々が今生きるための糧としているもの、それを我々はナポレオンから受けとったのだ。農民よ、誰がおまえに耕す土地を与えたのか？　兵士よ、誰がおまえに軍旗を与えたのか？　法学者よ、誰がおまえに法典を与えたのか？　司祭よ、誰がおまえに祭壇を返したのか？　詩人よ、芸術家よ、歴史家よ、誰がおまえたちに霊感を吹きこんだのか？」

翌一二月一〇日、ルイ＝ナポレオンは圧倒的な勝利を収め、大統領に選ばれた。

王党派との決別

そのあいだにも、第二共和政の議会はどんどん保守化し、一八四九年五月の総選挙では、王党派が議会の三分の二を占めるまでになった。六月事件以後の社会主義勢力弾圧が効を奏してきたのである。ユゴーはこのころにはもう、王党派と同調する気はなくしていた。しかし、ルイ＝ナポレオンを支持するためには、王党派と完全に手を切るわけにはいかなかった。というのも、ルイ＝ナポレオンは、議会の多数派になった王党派と妥協しなくてはならなかったからである。

ルイ＝ナポレオンはこうした王党派と妥協して、いろいろ反共和主義的な政策をうち出していたが、それが自分の本心ではないとにおわせることも忘れなかった。彼は公約の社会政策を実施しなかったり、民衆に不人気な政策を行ったりしたが、それはすべて、議会の王党派に強制されたためだ、というふりをしていたのである。ユゴーもこの戦略にはすっかり欺かれてしまった。ユゴーはルイ＝ナポレオンを信用し、彼に期待を抱いていた。それでも時折、彼の口からは次のような不満が洩れざるをえなかったのである。「未来の偉大な真の政策は一体いつになったら、そしてどのような形で、始められるのだろうか？」（《エヴェヌマン》紙一八四九年二月二二日号）

さきにも述べたとおり、ユゴーはもう王党派の主張には共感しなくなっていた。しかし彼はまだ、王党派とあからさまに決裂はしていなかった。そのユゴーと王党派の対立が明らかになるのは「ムラン法案」をめぐる論争の際である。

アルマン＝ド＝ムラン子爵という議員は、王党派に属してはいたが、民衆の貧困という問題にたいへん理解があり、そのために仲間から変人よばわりをされていた。そのムラン子爵が「貧困問題調査委員会」を設置するための法案を提出したのである。王党派は舌うちでもしたい気分だっただろう。そんな調査委員会をつくって、社会主義勢力を勢いづかせるのは困りものだ。かと言って、にべもなく否決して、民衆の反感を買うのも得策ではない。……そこで彼らは、法案自体を修正し、骨抜きにしてしまおうとしたのである。ここまでは、どこかの国でもよくある話である。ところが、王党派のこうした本心を示す楽屋話を耳にしたユゴーが、それを議会で暴露し、非難したのである。

「諸君、私はかねがねこんな話を聞いていましたし、そしてついさっき演壇に登るときも、まわりの人たちがこんな話をしているのを耳にしました。……『無政府状態のときには力以外の特効薬はない』とか、……『ムラン氏の提案は偽装した社会主義にほかならない』とかです。……」

（右翼からヤジ）

右派の声——誰がそんなことを言ったんだ！

「言った人御本人が名のりでられるがよい。……こそこそ隠れている人の名をあげることが、私の役割なのではない。……またこういう話も聞きました、『民衆に幸福や暮らしむきの向上だの、暮らしのつらさをやわらげてやることだの、そんなことを期待させるなんて、不可能を約束することだ。……現在のところは民衆を抑圧すれば十分だし、未来になればなったで弾圧すればすむことだ』と。」（議場騒然）（『言行録（亡命以前）』「立法議会」一）

二枚舌を使うことに馴れきった政治家にとって、こんなやり方は心外千万というところだろう。ところが、ユゴーはプロの政治家ではなかったし、また自分でもそのことを自覚していた。しかしそれは何も、ユゴーが自分の本職は詩人で、政治家は副業だと思っていたという意味ではない。ただ、彼は政治家よりも、もっと高いところをねらっていたのだ。つまり、青年時代から繰りかえしていたように、彼の本職は「神の声」になることだったのだ。

こんな演説をやったので、ユゴーと王党派の対立は決定的なものになってしまった。しかし彼はまだ、ルイ−ナポレオンには希望を抱いていた。ルイ−ナポレオンが王党派の支配から自由になることさえできれば。……しかし、ルイ−ナポレオンが議会の王党派と手を切るにしても、それはけっして、ユゴーとふたたび手をつなぐためではなかった。

大統領の野望

議会の王党派の本心は、時が来れば共和政などお払い箱にして、もう一度王政を復活させることであった。彼らは社会主義勢力を弾圧したり共和派を圧迫したりして、王政復古のための体制を着々と整えていた。また彼らは、自分たちの要求に唯々諾々《いいだくだく》と従う大統領を見て、ルイ−ナポレオンを御しやすい無能な人物だと思っていた。

大統領と議会の王党派のそんな関係が逆転するのは一八五〇年の夏からである。長いあいだ王党派の言いなりになっていたルイ−ナポレオンはついに、逆に王党派に対して攻勢をかける。一八五

○年の夏、全国遊説に出かけたルイ-ナポレオンは、大統領選挙に再度出馬することを示唆したのである。

第二共和政の憲法第四五条は大統領の再選を禁じていた。これは、大統領にはかなりの権限が与えられていたので、一人の人間が長いあいだ大統領職にとどまると、独裁的な権力になるおそれがあったからである。もはやルイ-ナポレオンの意図は明らかだった。議会の王党派も、ルイ-ナポレオンがなかなかのくわせものだと思い知らされたのである。大統領と王党派の対立は表面化した。というのも、王党派は共和政を廃止して王政を復活させようと考えていたのに、ルイ-ナポレオンは、大統領職の後には皇帝の座をねらい、ボナパルト家による帝政をめざしていたからである。

こうしたルイ-ナポレオンの野望に気がついてユゴーもついに、ルイ-ナポレオンを見限ってしまう。一八五一年にはルイ-ナポレオンは憲法の大統領再選禁止条項の改革を議会に求めたが、このときユゴーは演壇に立って、次のように激烈にルイ-ナポレオンを攻撃している。

「なんですと！　マレンゴの戦いで勝ち、天下をとった人間が昔いたからといって、あなたも天下をとりたいとおっしゃるのですか！　サトリー練兵場でしかお勝ちになったことがないくせに。……なんですと！　大物皇帝のあとで、小物皇帝の御登場ですか！　なんですと！　我が昔、大ナポレオンを戴いたからといって、こんどは小ナポレオンを戴かねばならんという

のですか！」（『言行録（亡命以前）』「立法議会」九）

結局、憲法改革は否決された。しかし野心を抱くルイ－ナポレオンは、着々ともう一つの方策を準備していた。軍事クーデターである。この年の一二月二日未明、ルイ－ナポレオンは重要議員を逮捕し、クーデターをおこした。ユゴーを中心とする左派議員は頑強に抵抗運動をおこしたが、クーデターは数日のうちにやすやすと成功した。六月事件以来の弾圧で、パリの急進的な労働者勢力が力を失っていたからである。

こうした政治的経験を経てユゴーは、この章の冒頭に述べたような激しいルイ－ナポレオン攻撃の詩集『懲罰詩集』を書いたのである。ルイ－ナポレオンに対して寄せていた期待が大きかっただけに、大統領の裏切りに対するユゴーの憤りも激しかった。一人の英明な指導者による社会改革――そんなものは幻想にすぎないことを、ユゴーは思い知らされたのである。権力はすべての人間を腐敗させる。では、人類を進歩させる本当のエネルギーはどこに存在しているのだろう？　民衆の中にである。クーデターに対するユゴーの抵抗運動はなぜ成功しなかったのだろう？　民衆が蜂起しなかったからである。どんな強力な武力をもった専制君主でも、もし民衆が本気で立ちあがればひとたまりもなかったであろう。しかし、どれほど善意にあふれ、どれほど真正な正義にもとづいているにせよ、民衆の支持を欠いた行為はなんの実効性ももたない。ルイ－ナポレオンは世論を巧みに操作し、民衆の反感を議会にむけさせた。ユゴーはそんな詐欺行為は行わないだろう。しかしただ、これ以後ユゴーは、正義のためならば民衆を煽動することも辞さないだろう。

『懲罰詩集』の出版をまってユゴーの「政治の季節」は一応終わりをとげる。彼はこの詩集で、ルイ＝ナポレオンに対するいやしがたい、激しい怒りを鎮めた。そしてこののち、交霊術とともに、ユゴーの神秘的瞑想の時代が始まるのである。

四、神秘思想と巨大な作品群

(1)『静観詩集』

交霊術

激烈な政治的闘争の作品『懲罰詩集』を世に送ったのち、ユゴーは一八五六年に、一転して静穏な叙情がたたえられた『静観詩集』を出版したが、この詩集には「恐れ」（第六編、一六）と題された次のような詩編が収められている。

おそらく、巨大な闇に向かって開いた私の家の扉から、
目に見えぬ闇の階段がはじまっているのだ。
……
おお、死者たちよ、おまえたちが冷たい螺旋階段から出てくるとき、
　おまえたちが叩くのは、私の家の扉だ！

というのも、亡命の家は地下の墓地《カタコンブ》と交わっており、
死者の街の壁と隣りあわせになっているからだ。
亡命者とは出て行く者のことである。

「出て行く者」とは、生の世界から出て行く者という意味であろう。馴れ親しんだ故国を追われ、異郷に暮らすことを強いられた亡命者は、ほとんど死者のようなものである。だから彼は、生きながらにして死者と交流し、生と死の境にあって、生者の世界と死者の世界を同時にながめることができる。……

『静観詩集』には、今引用した詩編「恐れ」と同じような傾向の詩が数多く収められている。伝記にも述べたとおり、ユゴーがこうした死や神秘の世界を身近なものに感じるようになったのは、交霊術の体験があったからである。つまり、交霊術はユゴーと神秘の世界をつなぐ「目に見えぬ闇の階段」となったのだ。

ここで交霊術について少し述べておこう。一八四八年ごろ、アメリカのフォックスというメソジストの家で、家具やテーブルが、誰も手を触れたりしないのに、勝手に動きだすという事件が起こった。人びとはこれを空中に浮遊する霊のしわざだと考えた。ところが、アメリカはさすがに合理主義の本場である。こんな怪奇な現象をあまりこわがらずに、これを利用して霊界と通信すること

を思いついたのである。つまり、霊媒がテーブルに手をのせておくと、そのうちテーブルに霊が乗りうつり、テーブルが勝手に動きだして床《ゆか》を叩く。あらかじめ一はAとか、二はBとかと決められているので、テーブルが床を叩く数をかぞえてゆくと、霊の語る内容がわかる。交霊術のやり方は、おおむねこのようなものであった。交霊術はまたたくまにヨーロッパに伝わり、一八五〇年ごろにはフランスでも大流行した。

日本でも東北にいたこという風習があり、いたこを通して、死んだ近親者と話ができると考えられている。同様に交霊術も一般的には、死んだ近親者と話をする手段と考えられていた。しかしフランス随一の文豪ユゴーの家を訪れる霊ともなると、さすがに格が違う。ユゴー家で行われた交霊術のテーブルには、シェイクスピアなどの文学者は言うに及ばず、「死」や「演劇」といった抽象的存在、はてはイエス－キリストまでが現れ、大詩人ユゴーと親しく言葉をかわしたのだ。その会話の内容も宗教や哲学に関する深遠なもので、ユゴーにあの世からの啓示をもたらしたのである。こうした啓示が亡命時代のユゴーの諸作品に与えた影響をこれから述べてみることにしよう。

一つの魂の回想録

『静観詩集』は、交霊術をとおした死の世界との対話から生まれた作品であり、神秘主義的色彩が非常に濃い詩集である。しかしこの詩集は同時に、一種の自叙伝でもある。自叙伝といってももちろん、何年に生まれ何年に結婚し、といった形の外面的な自叙伝ではない。ユゴーはこの詩集の中で、自分の一番内密な感情を照らし出し、一つの詩的な寓話の形で自分の魂の遍歴を描き出そうとしているのである。ユゴーはこの詩集の序文で次のように述べている。

「『静観詩集』とは何か？　それは、あえてこう言ってもさしつかえなければ、『一つの魂の回想録』である。……この詩集は、揺籃《ようらん》の謎から出て柩の謎にたどり着く人間の姿を描いたものである。これは青春や愛や幻想や戦いや絶望を経ながら微光から微光へと歩んでゆき、そして最後に『無限の縁で』驚きながら立ちつくす一人の人間の精神を描いたものである。この詩集はほほえみで始まり、すすり泣きのうちに続けられ、そして深淵のらっぱの音をもって終わる。」

ところで、この序文に書かれた「ほほえみ」とか「すすり泣き」とか、またとりわけ「深淵のらっぱの音」というのはどういう意味なのだろうか？　次に、この詩集を具体的に見てゆくことにしよう。

「ほほえみ」

この詩集の全体は二部に分かれ、娘レオポルディーヌが夫とともに溺死した一八四三年を境にして、それ以前を「過ぎ去った日」、以後を「今」としている。第一部「過ぎ去った日」はさらに三つの編に分けられ、それぞれ詩人の精神の発展段階を象徴する「あけ

レオポルディーヌと夫のシャルル＝ヴァクリー
ユゴー夫人筆

ぼの」、「花ざかりの魂」、「たたかいと夢」という題がつけられている。第一編「あけぼの」には、青年時代を回想する詩が収められている。彼はそこで幼い恋（第一編、一一「リーズ」）や、学校時代の思い出（第一編、一三「ホラーティウスについて」）や、ロマン主義文学論争（第一編、七「告訴状に答える」）などをうたっている。第二編「花ざかりの魂」は、この編の最初の詩が、「万物が『愛する』という動詞を活用させている」という詩句で始まっている。これを見てもわかるとおり、この編のすべての詩編が愛をうたうのに捧げられている。まだほんとうの悲しみを知らない若い詩人にとって、世界は明るく透明で「ほほえみ」と愛に満ちているように見える。それればかりか彼は、愛は世界の神秘を解く鍵だと考えるのだ。

女たちが地上にいるのは、
すべてを理想的なものにするためだ。

宇宙は神秘だが、
女たちの接吻は、その神秘を説き明かしてくれる。

（第二編、一一）

第三編「たたかいと夢」になると、ユゴーは文明社会の悲惨や貧困などに目をむけるようになる。二番目の「メランコリア」と題された三〇〇行あまりの長大な詩編では、ユゴーは、飢えに苦しむ母親、身を売る娘、社会の底辺に埋もれてしまった天才、苛酷な労働を強いられる児童、酷使されて死ぬ馬など、すべてのしいたげられた存在をパセチックな筆致で描いている。

お聞きなさい。やつれた顔をし、やせて、蒼ざめた
一人の女が、驚いたような目をした子供を抱きながら、
ほら、道のまん中で、嘆き悲しんでいる。
群集が、女の嘆きを聞こうとして彼女のまわりにおし寄せている。
彼女は誰かを責めている、別の女か、あるいはまた
自分の夫を。子供たちは飢えているのに、彼女には何もない、
金も、パンも。わらのベッドが一つきり。

彼女が働いているあいだ、夫は酒場で飲んだくれる。
彼女は泣いていて、立ち去ってゆく。亡霊のような女の姿が通りすぎてゆくとき、
おお、思想家たちよ、引き裂かれた心のこの奥底を見たばかりの
群集のあいだからわきあがる音が
聞こえるだろうか？　それは長く響く嘲りの笑い。

第二部「今」も、第一部と同様三編に分けられ、各々、「娘に宛てたささやかな言葉」（第四編）、「前進」（第五編）、「無限の縁で」（第六編）と題されている。各編は各々、一八四三年に娘を失って以来のユゴーの魂の歩みを象徴的に示している。

「すすり泣き」

第二部の最初の編「娘に宛てたささやかな言葉」には、娘を失った父親の悲しみや絶望が、叙情的な美しさをたたえた詩句で描かれている。

あの子は十で、私は三十だった。
あの子にとって私はすべてだった。
ああ！　草は匂いをただよわせる、
青葉の繁る木々のしたで！

……
優しいあの子は天使のようにあどけなく、
着くなりはしゃいでいた。……——
いまは、みな過ぎ去ってしまった、
影のように、風のように！

（第四編、六）

第五編「前進」もまた、もう一つの「死」に捧げられている。しかしここで言う「死」とは亡命のことである。というのもユゴーはここで、亡命というのは死と同じものだと述べているからである。馴れ親しんでいるすべてのものから切り離され、地の果てに追放された亡命者は影のような存在であり、「深淵と聖なる影の世界の住人」（第五編、六「そこに居るきみたちに」）である。

私が夢みたものはすべて、雲となって飛び去っていった！
蒼ざめて唯一人、私は見る、幻となった私の日々の上に、
無限という、あの屍衣が舞いおりてくるのを。——

（第五編、三「一八五五年に詠める」）

亡命は「死」に等しい。ではユゴーは敗北を認めるのだろうか？　『懲罰詩集』のあの闘争心はどうしたのだろう？　クーデターに敗れたユゴーは「政治的死人」として自らを葬りさり、俗事を離れて宗教的静寂の中にあそぼうというのだろうか？　とんでもない。ユゴーが死と亡命を同一視するのは、亡霊となってルイ－ナポレオンにとりつくためである。

波たちさわぐ大海原の中を……
私はさまよい、そして、水平線からわきあがる不吉な声となる。
（第五編、八「ジュール・J.に寄せる」）

また、死は人間に、人間の運命の謎をとき明かしてくれる。同様に、もう一つの死――亡命――は歴史の運命の謎を明かしてくれるのではないか？　生きている人間には、ルイ－ナポレオンがチュイルリー宮殿で勝ち誇っている姿しか見えない。しかし、生の世界を離れ、亡霊とまじわって、ほとんど「幻視者」となった亡命者には、次のような光景が見えるのだ。

私は見た、蒼ざめた水平線の上に、
大天使の巨大で陰欝な剣がうちふるえているのを。

（第五編、二六「不幸な人びと」）

娘の死を嘆くユゴーは、まるで娘の後を追うかのように、自分自身ももう一つの死に向かって、つまり亡命に向かって「前進」してゆく。こうした「前進」の最後にユゴーが到達するもの、それが最終編の「無限の縁《ふち》で」である。

「深淵のらっぱの音」

第六編「無限の縁で」に収められた詩編には、交霊術から直接刺激をうけて書かれたものが多い。ユゴー家で行われた交霊術会のテーブルには、さまざまな亡霊が現れてユゴーに宗教的な啓示を行ったが、そうした啓示をきっかけとして、ユゴーは神秘的な思索に耽るようになったのである。『懲罰詩集』では、ユゴーはルイ＝ナポレオンの個人的悪業を糾弾しようとした。それに対して、『静観詩集』のこの編でユゴーが扱おうとするのは「悪一般」である。神が世界を創造したのなら、どうして悪が存在するのだろうか？　なぜ罪のない人間が苦しまなければならないのか？　どうしてレオポルディーヌは死ななければならなかったのか？　一体、人類はこの悪のはびこる世界から救済されることができるのだろうか？——第六編ではこうした問題が真剣に取りあつかわれる。

この編の最後の詩編「闇の口の語ったこと」（二六）では、こうした宗教的思索が総合的に展開されている。この詩編でユゴーは、世界の創造の神秘や人間の運命や世界の終末などを描き、独自の宗教哲学を披瀝《ひれき》しているのである。では次に、この詩の内容を要約しながら簡単に紹介しておこう。

一、〔天地創造（悪の起源）〕　ユゴーの宗教的感情は時代によってさまざまに変化している。彼は青年時代には正統カトリックを標榜していたが、やがて政治的に進歩するようになると、政治問題について保守的な態度をとりがちだったローマ教会とは対立するようになった。しかし、ユゴーは神に対する信仰、何か超越的な存在があるという確信だけは、生涯変わらずに持ちつづけていた。次のような天地創造論では、神は「無前提の存在」、つまり因果関係の鎖の一番最初に位置し、それ以上はさかのぼれないような存在として描かれている。

　神は重さをもたぬものしか創らなかった。
神は創った、輝かしく、美しく、清らかで、気高く、
だが不完全なものを。そうでなければ、創造者と同じ高みに位置して、
被造物は創造者にひとしいものとなり、
こうした完全なものは、無限の中に姿を消し、
神とまじり合い、神と一つになってしまっただろうから。

神が直接に創り出した世界は完璧に近い。しかし、それは「完全」ではない。というのも、「完全」な存在とは神自身にほかならないからである。全能の神にもただ一つ不可能なことがある。それは神を創造することである。神がつくり出した完璧に近い、しかし不完全な宇宙も存在するが故に行為し、そして創造する。しかし、不完全なものが完全なものを創造しうるはずがない。不完全なものが創造しうるものは、より不完全なものである。こうしていっそう不完全で重さをもつ、物質的な存在が次々に生まれるようになった。

……それからは、すべてが重く《サグラヴェ》（悪く）なっていった。

二、〔存在の梯子〕　こうして、さまざまな段階の「不完全さ」をもった存在が、その度合にしたがって階段上の世界を構成するようになった。この階段を降りるにしたがって、「不完全さ」＝悪＝闇＝物質性＝重さが増し、逆に上に昇るにしたがって、「完全」＝善＝光＝精神性が増す。神はこの階段の頂点に位置し、人間はその中央に位置している。人間の下には動物、植物、石が並んでおり、さらにその下には、

人間たちよ、おまえたちより下に、蒼白い天底に、

空虚だと信じられているあの恐ろしい充満の中に、
ああ！　肉体をつかまえておまえたちを奴隷にしている「悪」が、
生命をもった恐ろしい煙をはき出している。
そこでは、災厄《さいやく》の波の中に、星の鱗《うろこ》をつけた体をうねらせる
宇宙というヒュドラーが沈没し、のみこまれている。
そこでは、暗い難破物となってすべてが漂い去ってゆく。
境界も天窓も壁もないこの深淵の中では、
かつて生きていたすべてのものの灰が、たえまなく降っている。
そして、もしそこまでのぞきこむ勇気があるならば、その奥底に見えるだろう、
生と息吹と音のかなたに、
闇を放射する恐ろしい黒い太陽が！

人間が生きている世界はこんなにも恐ろしいところなのだ。ユゴーがこの宇宙を描くために筆をふるう様子は、まるでダンテの地獄めぐりのようである。

この闇の世界に踏みこんでみよう、私についてきなさい。

……

　この世の悪人はすべて、
死ぬとき、自分の人生から怪物を生み出し、
その怪物が彼を捕える。……
ニムロデ（古代バビロニアの創設者とされる伝説の王）はそそりたつ山に閉じこめられて唸っている。
デリラ（サムソンを裏切って敵の手にわたした遊女）が墓に下りるとき、彼女の屍衣のひだから
毒蛇がはいだしてきて、その偽りにみちた魂を運び去る。
……
腹黒いユダ（一二使徒の一人。キリストを裏切った）の魂は、一八〇〇年もまえから、
人間の痰《たん》の中に散っては、生まれかわる。

人間も、そしてその下位のすべての存在も、この苦の世界に生きて、前世の罪の懲罰をうけているのである。

三、〔救済（世界の終末）〕　しかし万物は永遠にこの苦の世界にとどまり、呻吟《しんぎん》しつづけるわけではない。すべての存在は、最終的には完全な救済をうけるだろう。

ところで、ユゴーは万物を救済する三つの力を考えているようである。第一の力は人びとが、そして万物が、この世界で蒙っている苦しみそのものである。試練や苦しみによって万物は前世の罪を贖《あがな》い、死後にはより上位で、神に近い存在に生まれ変わる。石は植物になり、動物は人間になり、人間もついには天使になるだろう。こうした考えは、我々東洋人にもけっして縁遠いものではなく、仏教にも輪廻転生《りんねてんせい》という思想があることは御存じのとおりである。ロマン主義の研究家の中には、ユゴーがこうした考えを抱くようになったのは、一九世紀に輩出した神秘思想家を通じて、東洋思想や仏教を知ったからだと考えるものもいるほどである。

さて、ユゴーが人類救済の第二の力と考えるのは科学や知識の進歩である。これは、いかにも、産業が飛躍的に発展しはじめ、科学的思考法が普及しはじめた一九世紀らしい考え方である。科学の発展は人類を自然の脅威から解放し、自然の力を人類のために利用することを可能にするだろう。また、無知や偏見から自由になれば、人間はいわれなく同胞を迫害することをやめ、不合理な社会制度を廃止し、暴君を王座から追いたて、自由、平等、博愛の標語のもとにユートピアをうちたてることができるだろう。……

しかし実は、こうした人間の行う努力だけでは、人間は真の救済をうけることはできないと、ユゴーは考える。つまり、万物が救済されるためには、最終的には神の介入が必要なのである。神の介入の仕方は、彼の作品の中でいろいろな形をとって現れているが、この詩編では、神が光（＝愛）

を闇の世界に投げかけ、闇を光で満たすことによって、すべての存在をふたたび神に等しいものにする、と述べられている。

こうした考え——つまり、神、あるいは神の意志をうけた代理人が突然ある時点で世界に介入し、それによって古い世界は崩壊し、新しい時代が始まるという考え、我々はこれを「メシアニスム（救世主思想）」と呼んでさしつかえないと思う。そしてこのメシアニスムは亡命時代のユゴーの作品を最も特徴づけるものなのである。「メシアニスム」とは何か？　それは「現在」がなんの意味ももたないと意識することである。「現在」と、救世主が到来したのちの「未来」とのあいだには、なんの連続性もない。ルイ＝ナポレオンが今日帝座で栄えているからといって、明日彼がなお帝座にいると保証できるだろうか？　「悪」は徐々に衰退してゆくのではない。「悪」は次の瞬間にも突然消滅するかも知れないのだ。つまり、メシアニスムとは、未来の側に身をおいて、醜悪な「現在」を否認することである。ユゴーはこの詩集の最後に、「深淵のらっぱの音」、あの最後の審判の時の到来を告げるらっぱの音を響かせようとしているのだ。

我々は次に『サタンの終わり』を検討することにするが、この作品で、以上に述べた宗教的メシアニスムが、ユゴーの亡命時代の政治思想に結びついていくのを見ることができるだろう。

ユゴーのデッサン

未完の『サタンの終わり』　これは『静観詩集』とほぼ同時期に断続的に書かれた叙事詩であるが、未完に終わり、ユゴーの生前には発表されなかったものである。しかし構想の大きさからいっても、思想的な深さからいっても、亡命時代のユゴーの代表的作品の一つに数えるべきであろう。

――天使長だったサタンは神に反抗して天上から転落する。その転落の途中、サタンは天上に一枚の羽を残す。神はその羽に生命を与え、天使「自由《リベルテ》」に変える。

一方、サタンは奈落の底まで落ち、そこで自らが犯した罪のために苦しみ、神を恨んで地上に悪をはびこらせる。天上では天使「自由《リベルテ》」が地上の悲惨を憐れみ、自分の生みの親の一人でもあるサタンに同情して、神にサタンのもとに降りてゆくことを許してくれるように願う。

神の許しを受けた天使「自由《リベルテ》」はサタンのもとに降りてゆき、サタンを説得して、地上の悲惨をなくすために地上に行って革命をおこすことを許可するように願う。サタンは、自分が実は神を愛していたことを自覚して、それを許す。

地上ではフランス革命が天使「自由《リベルテ》」の力によって行われ、民衆が解放されるとともに、サタンも罪を許されて、ふたたび輝かしい天使長となる。——

ユゴーが叙事詩『サタンの終わり』で描きあげる宇宙は非常にダイナミックで、いわゆる正—反—合の「弁証法的」な構造をもっている。つまり、最初に神が存在し、次に神に対立するものとしてサタンが現れ、最後に神とサタンの対立を統一するものとして「自由《リベルテ》」が現れる。神だけしか存在しない世界は「完全な」世界である。しかしそれは、言わば動かない時計のようなものだ。時計の振り子は「完全な」垂直を永遠に守りつづけるだろう。サタンの悪はこの時計に運動を与える。時計の振り子は永遠の静止をかき乱される。

振り子に一撃が加えられると振り子は揺れはじめる。……こうしてサタンの出現は静止した世界を始動させ、歴史を展開させる。天使「自由《リベルテ》」は、この運動の世界を支配する新しい原理である。というのも、完全に静止した世界、完全な善が支配する世界では行為を選択する自由などなんの意味ももたないからである。つまり、一言で言えば、この叙事詩の中で、サタンはひたすら邪悪で否定されるべき存在として描かれているのではない。サタンは新しい世界の新しい原理——「自由」の生みの親の一人である。

さて、天使「自由《リベルテ》」を軸として、『サタンの終わり』の宗教的神話は「政治的神話」につながってゆく。天使「自由《リベルテ》」の使命は何か？　それはフランス革命の指導である。つまり、詩編「闇の口の語ったこと」で示された神の介入による人類救済が、ここでは明確に天使「自由《リベルテ》」による革命の実現になっているのである。亡命時代のユゴーの神秘的瞑想の中では、革命はもはや不満な人びとのおこす暴動でもなければ、一つの階級と一つの階級とのあいだの私闘でもない。ユゴーは革命に宇宙論的な枠組を与える。フランス革命が体現した（あるいは少なくともユゴーがそう考えた）自由の精神は、人類を政治的に解放するであろう。また革命は、魂をもったすべての存在をサタンの支配から救い出し、神のもとに近づけるであろう。つまり、革命はいわば第二のイエスとして地上に降臨する救世主なのである。

こうした「革命のメシアニスム」は、ジャージー島が、交霊術の影響による神秘的な瞑想の場であっただけではなくて、ルイ－ナポレオンに対する政治的闘争の場でもあったことを、我々に想起させてくれる。

(2)　『諸世紀の伝説』と『レ・ミゼラブル』

歴史の復原

『静観詩集』に続いて一八五九年には、ユゴーは『諸世紀の伝説』（第一集）という叙事詩集を出版した。この詩集は、さまざまな詩想の詩を一つの明確な理念によって構成したものである。つまりユゴーはこの詩集で、「自由」と「理想」を求めて世紀から世紀へと進歩してゆく人類の姿を描き出そうとしたのである。

「一種の連作の中に人類を表現すること。人類を、歴史、寓話、哲学、宗教、科学などあらゆる側面からつぎつぎと、また同時に描きだすこと。あらゆる側面といっても、要約すれば、それは結局光へとむかうただひとつの巨大な上昇運動なのであるが。人類という一つにして多様、陰惨で輝かしく、宿命的で神聖な存在の偉大な姿を……一種の明暗二様の鏡の中に映しだすこと。」（「序文」）

ユゴーが『諸世紀の伝説』の中で実現しようとした抱負はこのようなものであった。ユゴーはまた、当時の古生物学者キュヴィエの業績を紹介しながら、この詩集の目的を次のようにも述べている。キュヴィエは死滅した生物の骨の断片を集めて、そこからその生物の全体を推測し、復原した。それと同様に「歴史の詩人」であるユゴーは、同じようなやり方で、歴史の断片や伝説や神話から、歴史の全体を復原するというのである。この「歴史の復原」ということの中には、過去だけではなく未来も含まれている。彼は歴史を考察することによって、未来をも、そしてさらには、「歴史の外側」をも透視しようとするのである。つまりユゴーにとって「人類史」というのは発端と終末、頭と尾をもった一つの生物体なのであり、そしてユゴーはこの生物体の化石の断片から歴史の全体を復原し、その意味を明らかにしようとしているのである。こうして『諸世紀の伝説』には、世界の創造の最初の日を描いた美しい詩「女性の聖別式」から、「大海で—大空で」というような二〇世紀のユートピアをうたった詩や、「時の外」のような黙示録的な詩が含まれることになる。

一番最初の詩「女性の聖別式」ではユゴーは、まだ罪の汚れにおかされていない、世界の最初の日を美しく描いている。

さて、この日こそ輝く夜明けの光が
宇宙に作ったいちばん美しい日だった。

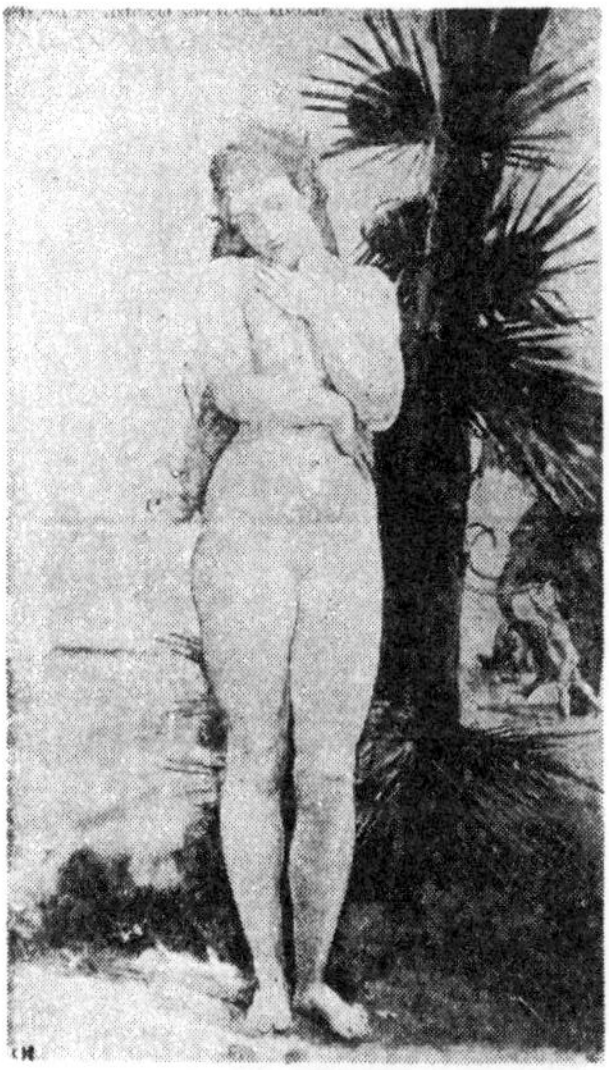

「女性の聖別式」
（『諸世紀の伝説』）
ポール＝ボードリ筆

清浄で神聖なざわめきがまだ
藻を波に、物を大自然にむすんでいた。
……
そして光は、さわやかな縁の谷間に、愛撫するように美しく
ふりそそいでいた。

（二、一「女性の聖別式」）

ユゴーのユートピア

詩編「大海で―大空で」(五八)には、二〇世紀に科学の進歩によって実現されるユートピアが描かれている。この詩の中で興味深いことは、科学と宗教が奇妙な具合に結びついている点である。つまり、科学の発展は、知的な進歩や物質的な繁栄ばかりではなく、政治的解放や宗教的解放をもたらすものと考えられているのである。この詩では、科学の発展は飛行船の発明に代表されている。さて、飛行船とは何か?

それは神に従いながら行う偉大な反逆だ!
空という運命的な青い深淵を開く神聖な合鍵だ!
それは狂ったように自分のベールを引きちぎるイシスだ!
それは金属、木、麻、布だ。
それは解放され、飛翔する重さだ。

『静観詩集』のところで説明しておいたように、ユゴーの宗教体系では、「重さ」は「悪」と同じ意味である。飛行船は人間を「重さ」から解放し、そして同時に「悪」からも解放する。死が魂を肉体から解放して天国の扉を開くほんとうの鍵だとすれば、飛行船の方はその「合鍵」である。というのも、飛行船は肉体をもったままの人間に、「空という青い深淵を開く」からである。しかし、そこには神に対して冒瀆《ぼうとく》的なことは何もない。飛行船は「神聖な合鍵」なのであり、「神に従いながら行う偉大な反逆」なのである。

ユゴーはまた、飛行船の発明は政治的な解放も行うと考える。飛行船にとって国境は意味をもたない。人間の作った人工的な境界を無視して飛ぶ飛行船は、人間を地上の権力から解放する。

　光り輝く飛行船は、足どり重い歩行者である諸国の民衆を、
　　天翔ける鷲の共同体の中に導き入れる。
　飛行船は、神聖で清らかな使命を持っている、
　大空の彼方に単一の国家をつくりあげ、
　……
　青空に陶酔して、「自由」を
　　光の中に飛翔させるという。

現実に二〇世紀を生きている我々にとって、航空機は自由をもたらすものでも、政治権力から人間を解放するものでもない。また、現代、我々は科学と人間のあいだには、何かとてつもない不調

和があるのではないかと疑いはじめてさえいる。科学に対するユゴーのこうした楽観主義は、ユゴーが、科学に対して大きな期待を抱いていた一九世紀に生きていた人間であることを、いまさらながらに感じさせるのである。

しかし、ユゴーがけっして科学万能主義者ではなかったことは述べておかなければならないだろう。ユゴーにとって、「結局光へとむかうただひとつの巨大な上昇運動」として要約される人類史――この人類史の原動力はただ科学の進歩だけではないのだ。人類はどうやって光に向かって上昇してゆくのだろうか？　それは各人が自らのうちにひそむ悪を克服し、人類の中に存在する不正と戦うことによってである。ユゴーにとって、人類史とは「良心」の戦場でもあるのだ。

神の目

歴史のはじまりと二〇世紀のユートピア、この二つをつなぐ諸詩編には、人類史から取材された数多くのエピソートがちりばめられている。そうした詩編を貫いているのは人間の「良心」の問題である。この詩集には「良心」（一、二）と題された詩があるが、そこでは弟アベルを殺したために神の目（＝良心）に追われて地の果てまで逃げてゆくカインの姿が描かれている。しかし、目は彼が最後の避難所にした地下の穴までも彼を追ってくる。

……「どうですか、おじいさん！

目は消えましたか?」と、ふるえながらチラがきいた。
すると、カインは答えた。「いや、いるよ、あいかわらず、あそこにな。」
そして、こう言った。「わたしは地の中に住んでみたい、
墓の中にさびしく眠る人のように。
すればもう、なにもわたしを見ないだろうし、わたしにも、なにも見えないだろうから。」
そこで、みんなが穴を掘ると、カインは言った。「これでいい!」
それから彼は、ただひとりこの暗い丸天井の下におりていった。
彼が闇の中で椅子にすわり、
頭上に地下室の扉がとじられたとき、
あの目はやはり墓の中にもいた。そして、カインをじっと見つめていた。

『諸世紀の伝説』は第一集に続いて、その後も第二集、第三集が出版されている。人類の進歩をうたい、社会的な悲惨を絶滅することを訴えたこの詩集は、進歩的な人びと、とくに歴史家のミシュレなどから熱烈に歓迎された。ユゴーのこうした思想は小説『レ・ミゼラブル』でいっそう強く展開されることになる。

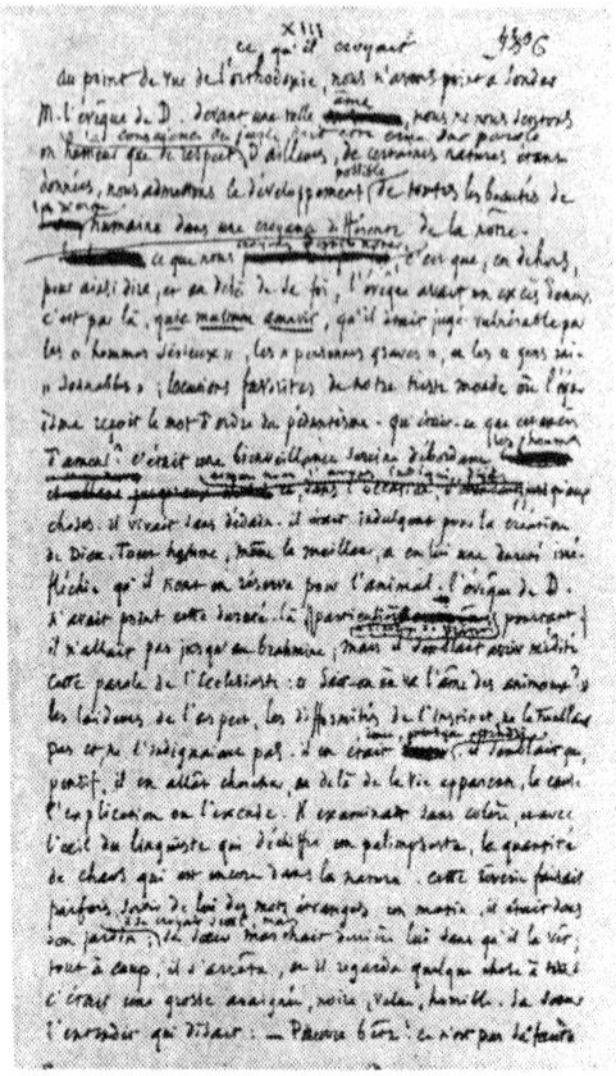

『レ・ミゼラブル』の原稿

人道主義の小説

日本ではユゴーは、なんといっても『レ・ミゼラブル』の作家として知られている。この小説の筋は言うまでもなく次のようなものである。――一本のパンを盗んだために一九年間、獄舎の生活を送り、人間への不信をもって出獄したジャン＝ヴァルジャンは、神のような人間愛に富んだミリエル司教に感化されたために、翻然として贖罪《しょくざい》の生活にはいって極端な自己犠牲を行いながら、神のような大往生をとげる。

――

『レ・ミゼラブル』はユゴーの人道主義思想を代表する作品であり、恵まれない人びとを幸福にするために社会悪を告発して、社会を改良したいとの意図から書かれたものである。こうした作者の抱負はこの小説の序文にはっきりと語られている。

「法律だの風習だのがあるために、社会の処罰が存在して、文明の世のただ中に、わざわざ地獄をつくりだし、神がつくった運命を人間の禍でもつれさせているかぎり、また貧困のせいで男が堕落し、ひもじさのせいで女が身をもちくずし、暗い境遇のせいで子供がいじけてしまうという今世紀の三つの問題が解決されないかぎり、……いいかえれば、……地上に無知と悲惨とがあるかぎり、こういう性質の本もあながち無益ではあるまい。」
この小説には、はっきりとした社会的メッセージがこめられている。黄色いパスポート（前科者のしるし）をもっているというだけで、疲れた男にほんの少しの休息をも与えようとはしない宿屋、善良な娘を売春婦に変えてしまう都会、民衆を圧迫し無知と貧困の中に閉じこめておこうとする社会のしくみ、こうした社会の不正をユゴーは描きあげ、断罪する。よく知られた登場人物ジャヴェール刑事はこうした無慈悲で苛酷な社会の番人であり、また、そうした「社会の法」の象徴である。

主人公のジャン＝ヴァルジャンやミリエル司教やファンチーヌは、そうした「社会の法」と闘う人びとである。何によって闘うのか？　献身と愛と自己犠牲によってである。ミリエル司教は、けっして尽きることのない「隣人愛」の権化である。社会からさげすまれ卑しめられた売春婦ファンチーヌは、子供のために自分のすべてを犠牲にする「母性愛」の象徴である。ジャン＝ヴァルジャンは「社会の法」から有罪判決をうけた前科者である。しかし、彼は数々の試錬を克服して、人間の魂の偉大さを証明していく。この小説の最後で、ジャン＝ヴァルジャンにつきまとっていたジャヴェール刑事がジャン＝ヴァルジャンの慈悲についに屈伏し、彼を追いかけるのをやめて自殺する場面があるが、これは「社会の法」に対する「人間の魂」の勝利を示すものである。

パリの浮浪児

この小説の中で一番魅力的で親しみ深い登場人物はガヴローシュであろう。この、両親から離れてパリの街をうろつく宿なしの「浮浪児《ガマン》」を描くユゴーの筆致には愛情がこもっている。

楽天的で、皮肉で、陽気で、誠実で、けっして腐敗することがなく、不正を憎み、そして大きな可能性を秘めたこのパリの「浮浪児」たち——これはパリの民衆の象徴である。彼らは宿なしで、警官に追いたてられる。ポケットには金がごっそりあったためしはなく、いつでもその日暮らしをしている。しかし彼らはけっして絶望することはない。というのも、社会を動かすほんとうのエネルギーは、彼ら民衆の中に潜んでいるからである。彼らも「やがては大きくなる」だろう。ただ困ったことに、

「パリの民衆は、おとなになってもあいかわらず浮浪児である。」（第三部、第一編、一二）

彼らはあいかわらず無知で、あいかわらず飢えと貧困に苦しんでいる。彼らはあいかわらず「下層民」であり、「都会の酒かす」である。しかし、彼らはいつまでもそういった状態に留まっているのだろうか？　光は、かならずやこの群れの中に浸みわたっていくだろう。ルイ＝ナポレオンのクーデターを経験したユゴーは、はっきりと民衆の側についている。一二月二日のクーデターのときのように、民衆も一時的に沈黙することがあるかもしれない。民衆も時には判断を誤り、権力者に支配され、抑圧されるままになっているかもしれない。しかし、

「『光を!』といふあの叫びにたちもどって、あくまで叫びつづけようではないか!　光を!　光を!　彼らのような不透明なものも、透明にならないと言えるだろうか?　……さあ、哲学者たちよ、おしえよ、知識を与えよ、燃えたたせよ、……おしみなくアルファベットをおしえよ、権利を宣言せよ、ラ－マルセイエーズをうたえ、熱狂をまき散らせ、カシワの木から緑の枝をもぎとれ。思想の竜巻を起こせ。あの群集も昇華されうるのだ。」

『レ・ミゼラブル』のほんとうの主人公は、主要な筋の展開の背後に執拗に描きつづけられる民衆だと言ってもさしつかえないだろう。『レ・ミゼラブル』は亡命の地ガーンジー島から民衆に向けられた一つの福音書である。ユゴーは予言する。社会の底辺におしこめられ、おとしめられてきたあなた方、無知と貧困の中に閉じこめられてきたあなた方、あなた方民衆はやがて、神の精霊をうけた「革命」によって輝かしい変貌をとげ、真正の「民衆」として再生するであろう、と。

「そうだ、いつかはなぞが答えをあかし、スフィンクスが語り、問題は解決されるだろう。そうだ、『民衆』は一八世紀によって下ごしらえされたが、一九世紀によって完成されるだろう。それをうたがうとはなんという愚か者だろう?　社会全体の幸福のきたるべき開花、すぐそこまできている開花は、神のさだめに必然的な現象なのだ。」(第四部、第七編、四)

それまでは、民衆の一人一人が、個人的な苦業を行い、そして「社会の苛酷な法」という「運命」と闘わなければならない。ユゴーはそうした民衆の苦業、社会の法という運命との闘争をジャ

ジャン＝ヴァルジャン
（『レ・ミゼラブル』の挿絵）
ギュスターヴ＝ブリヨン筆

ン＝ヴァルジャンをとおして描いている。物語の展開につれて、ジャン＝ヴァルジャンの良心はさまざまな試練にであう。はじめジャン＝ヴァルジャンは監獄の孤独の中で、人を憎悪することだけを学んだ。その後の彼の行為はすべて、この「原罪」に対する贖《あがな》いなのである。そして彼は最後に、十字架を抱きながら神に対する愛の中に死んでゆく。こうした試練や苦悩をとおして神の方へ昇ってゆくという考え方は、さきにも述べた《神を頂点とする段階的な階級を形づくる宇宙の万物が、苦悩によってその罪をつぐない、次第に向上してゆく》という考えをそのままジャン＝ヴァルジャンという個人に生かしたものなのである。その意味で『レ・ミゼラブル』はやはり、交霊術体験を経た亡命時代特有の作品だと言えよう。

「娘たちのABC《アーベーセー》」

ここまで第四章では『静観詩集』や『サタンの終わり』『諸世紀の伝説』『レ・ミゼラブル』といった作品を紹介してきた。しかし、こうした重苦しい作品ばかり紹介していては、ユゴーという人間について誤った印象を与えることになる。たとえばユゴーは、一八六五年に詩集『街《まち》と森の歌』を出版しているが、その詩集には次のように軽妙で少々エロチックな詩編も数多く収められているのである。

避けるんだ、堕落した天使たちのいるエデンの園は。
友よ、べっぴんには気をつけろ。
こわがるんだ、パリではネッカチーフを巻いた娘たちを。
こわがるんだ、マドリードではマンテラをつけた娘たちを。
……
あの娘《こ》たちがやさしくなりはじめたら、
ぼくたちの奴隷にされる日は近い。
知りたいかい、あの娘《こ》たちのABC《アーベーセー》を？
友よ、それは恋《アムール》、接吻《ベーゼ》、鎖《シエーヌ》。
（第一編、四、九）

青年時代に書かれた『クロムウェル』の「序文」を思い出してみよう。ユゴーはこの序文で、人間は二つの相対立する要素から成り立っていると述べ、「対照《アンチテーズ》」にもとづいたロマン派演劇を提唱した。光と闇、神秘とファンタジー、崇高とグロテスク、恐怖と親密な感情、……実はこうした

「世界の二元性」を最もよく反映していたのは、ユゴーという人間そのものだったのである。こんなことを言うとユゴーの人間性をおとしめることになるだろうか？　ユゴーは片目で神の視線をたじろぎもせずに受けとめ、そして片目で女たちに流し目をくれるのである。

神と対話するユゴーと軽妙でエロチックな詩を書くユゴー、――我々はユゴーの中に共存するこうした二面性にとまどいを覚えることも多い。しかし、こうした矛盾を苦もなく包みこみ作品に昇華させてしまうエネルギー、それこそが人間ユゴーの特質であり、長所であると言える。

本文中でもたびたび述べたように、ユゴーは戦争を憎み内乱の愚かしさをいましめ、ヨーロッパの平和を熱烈に説く平和主義者であった。しかし彼は、ルイ－ナポレオンのクーデターのさいには敢然と立ちあがって抵抗組織を作り、その後も一九年間の亡命生活に耐えきる気力に満ちた戦闘的な精神の持ち主でもあった。ユゴーの女性関係の華々しさについても、伝記のところで触れておいた。しかし一方で、彼は恋愛感情の神聖さをうたい、愛を理想化する清らかな叙情詩も数多く書いた詩人だったのである。

亡命の島ジャージー島でユゴーは交霊術に熱中し、神秘的な思索に耽るようになった。彼は霊魂や神の存在を信じ、彼岸の存在を信じた。しかも、こうした思索は社会問題や政治問題に対する彼の強い関心と常に併存していたのである。彼の場合、神秘的な思索がけっして現実からの逃避ではなかったことを、ここでもう一度確認しておきたい。『静観詩集』や叙事詩『サタンの終わり』に示された宇宙についての壮大なヴィジョンは、ユゴーの現実に対する民主的な働きかけに宗教的な意味づけを与え、彼の行為を背後から支えていたのである。

このように、ユゴーはさまざまな側面をもつ詩人であったが、こうした一見矛盾撞着《どうちゃく》する諸要素は、社会的不正と戦う強靭《きょうじん》なモラルと行動によって常に支えられていたのである。このモラルと行動力こそは、ユゴーが現代にまでいろいろ問題を投げかけている大きな一つの源であると思う。いずれにせよ、この世紀の巨人に対して、我々は深い愛情と関心を示さざるをえないのである。

なお、ユゴーの死後には莫大な量の未刊の原稿が残されていた。そうした原稿はユゴーの遺志でパリの国立図書館に遺贈され、そして、ユゴーの弟子ポール＝ムーリスらの努力により、劇作集『自由な劇』（一八八六）、叙事詩『サタンの終わり』（一八八六）、随想集『見聞録』（一八八七、一八九九）、詩集『竪琴《たてごと》の音《ね》をつくして』（一八八八、一八九三）などが続々と刊行された。死後、どういう作品が出版されたかについては年譜で御覧いただきたい。

ヴィクトル＝ユゴー年譜

西暦	年齢	年譜	背景をなす社会的事件及び参考事項
一八〇二		2・26、ヴィクトル－マリー＝ユゴー、ブザンソンで生まれる。父はレオポル＝ユゴー、母はソフィー＝トレビュシェ。三人兄弟の末子。兄はアベルとウジェーヌ。 この年以降、父はマルセイユ、コルシカ島、エルバ島、ナポリなど任地を転々とする。やがて母は口実をもうけ、子供を連れてパリに帰り、両親は別居がちになる。両親はそれぞれ愛人をもつようになる。	ナポレオン、終身第一統領となる。 シャトーブリアン『キリスト教精髄』
〇四	2		ナポレオン、皇帝となる。
〇九	7	2月、ラリヴィエールの塾に通いはじめる。 6月、ソフィー一家、フイヤンチーヌに居を定める。ラオリーをここにかくまう。	シャトーブリアン『殉教者』
一〇	8	この年の暮、ラオリー、フイヤンチーヌで逮捕。	
一一	9	ソフィーは夫と和解するために、子供たちを連れて	

		夫の任地マドリードに赴くが、和解は失敗。	
一八一二	10	3月、ソフィーはウジェーヌとヴィクトルを連れてフランスへの帰途につく。 10・23、マレ将軍とラオリー、王党派と結託してクーデターを起こすが失敗。ラオリーは死刑となる。	ナポレオンのロシア遠征。
一三	11	この年、ユゴー将車、帰仏。	各地でナポレオン軍敗れる。
一四	12		ナポレオン退位。第一次王政復古。
一五	13	2・10、ヴィクトルと兄ウジェーヌ、コルディエ寄宿学校にはいる（～一八年秋）。	ナポレオンの百日天下。第二次王政復古。ナポレオン、セント-ヘレナ島に流される。
一七	15	8・25、アカデミー-フランセーズの詩のコンクールに応募し、選外佳作となる。	スタール夫人没。
一八	16	9・8、コルディエ寄宿学校を出て、母とともに暮らすようになる。	シャトーブリアン、《コンセルヴァトゥール》紙創刊（～二〇）
一九	17	5・3、トゥールーズの「アカデミー-デ-ジュー-フロロー」のコンクールに参加、一等となる。 12・11、兄弟三人で文芸誌《コンセルヴァトゥール-リテレール》を創刊（二一年3月廃刊）。	
二〇	18	3月から、小説『ビュグ-ジャルガル』初稿、《コンセルヴァトゥール-リテレール》誌に連載（二	ベリー公暗殺事件。 ラマルチーヌ『瞑想詩集』

		六年1月、単行本として刊行）。	
一八二一	19	6・27、母ソフィー死去。	ナポレオン没。ギリシア独立戦争。
二二	20	6・4、処女詩集『オードと雑詠集』出版。国王より奨励金として年金をうけることになる。 10・12、アデール＝フーシェと結婚。	シャトーブリアン外相となる。 ヴィニー『詩集』
二三	21	2・8、小説『アイスランドのハン』出版。 7・16、長男レオポル生まれる（10・9、死去）。	フランス、スペイン革命に武力干渉。 ラマルチーヌ『新瞑想詩集』
二四	22	3・7、詩集『新オード集』出版。 8・28、長女レオポルディーヌ生まれる。	ルイ一八世没、シャルル一〇世即位。 ノディエ、アルスナルのサロンを開く。 《グローブ》紙創刊。
二六	24	11・2、次男シャルル生まれる。 11・7、詩集『オードとバラッド集』出版。	ヴィニー『サン＝マール』、『古代・近代詩集』
二七	25	1月ごろ、批評家サント＝ブーヴとの交際始まる。 4月はじめ、ノートル＝ダム＝デ＝シャン通りに転居。自宅でロマン派のサロン（セナークル）を開く。 12・5、劇『クロムウェル』とその「序文」出版。	パリでイギリス人の劇団によるシェイクスピア劇の上演。
二八	26	1・29、父レオポル死去。 2・13、偽名で自作の『エイミ・ロブサート』を上演するが、失敗に終わる。 10・21、三男フランソワ＝ヴィクトル生まれる。	サント＝ブーヴ『一六世紀フランス詩歌および演劇の歴史的・批評的展望』

一八二九	27	1・23、『東方詩集』出版。 2・7、小説『死刑囚最後の日』出版。 8・13、『マリヨン・ド・ロルム』上演禁止となる。	ポリニャック反動内閣成立。
三〇	28	2・25、『エルナニ』初演（エルナニ合戦）。 7・28、次女アデール生まれる。	七月革命。ルイ－フィリップ即位、七月王政始まる。
三一	29	3・16、小説『ノートル＝ダム・ド・パリ』出版。 8・11、『マリヨン・ド・ロルム』初演。 11・30（12・1?）、詩集『秋の木の葉』出版。 この年、妻とサント－ブーヴの関係に激しく悩む。	スタンダール『赤と黒』 リヨンの絹織物工の暴動。 バルザック『あら皮』
三二	30	11・22、『王は楽しむ』初演。	チエール、ギゾーら政権を握る。
三三	31	2・2、『リュクレース・ボルジヤ』初演。 2・16、女優ジュリエット＝ドルーエを愛人とする。 11・6、『メアリ・テューダー』初演。	ミュッセとサンドの恋愛事件（～三五）。 バルザック『ウージェニー・グランデ』
三四	32	3・19、『文学・哲学雑記』出版。 9・6、小説『クロード・グー』出版。 この年、ルイ－フィリップの長男オルレアン公と知り合う。	ラムネー『信者のことば』、ミュッセ『ロレンザッチョ』、バルザック『ゴリヨ爺さん』（～三五）
三五	33	4・28、『パードヴァの専制者アンジェロ』初演。 10・27、詩集『薄明の歌』出版。	国王暗殺未遂事件。 ヴィニー『軍隊生活の屈従と偉大』

一八三七	35	2・20、次兄ウジェーヌ、精神病院で死去。 6・10、新婚早々のオルレアン公妃に紹介される。 6・26(27?)、詩集『内心の声』出版。	ヴィクトリア女王即位（～一九〇一）。 ディケンズ『オリヴァー・トゥイスト』
三八	36	11・8、『リュイ・ブラース』初演。	サンドとショパンの恋愛（～四七）。
四〇	38	5・16、詩集『光と影』出版。	ナポレオンの遺骸、アンヴァリッドに安置。
四一	39	1・7、アカデミー＝フランセーズ会員に当選。	
四二	40	1・28、紀行『ライン河』出版。 7・13、オルレアン公、馬車の事故で死去。	
四三	41	2・15、長女レオポルディーヌ、シャルル＝ヴァクリーと結婚。 3・7、『城主』初演、失敗。 7～9月、ジュリエットとともに、ピレネー、スペインを旅行。 9・4、ヴィルキエでレオポルディーヌ夫妻、溺死。	ポンサール『リュクレース』、ワーグナー『さまよえるオランダ人』
四五	43	4・13、子爵に叙せられ、貴族院議員となる。 7・5、レオニー＝ビヤールとの姦通事件。 11・17、小説『レ・ミゼール』（『レ・ミゼラブル』の初稿）を書きはじめる。	メリメ『カルメン』
四八	46	2・24、ルイ＝フィリップ退位後、街頭でオルレア	二月革命（第二共和政。～五二）。

		ン公妃の摂政制を支持して、民衆の憤激をかう。 6・4、補欠選挙で当選、立憲議会議員となる。 8・1、《エヴェヌマン》紙創刊。 10・25、ルイ＝ナポレオンの訪問をうける。	6・23～26、六月事件。 12・10、ルイ＝ナポレオン、大統領に選ばれる（～五二）。 マルクス、エンゲルス『共産党宣言』
一八四九	47	7・9、「ムラン法案」についての議会演説。王党派の憤激をかう。	ローマに共和政府が樹立される。ルイ＝ナポレオン、ローマに出兵。 サンド『プチット・ファデット』
五一	49	7・17、憲法改悪に反対する議会演説。大統領の野心を非難。 12・2～4、左派議員たちと、ルイ＝ナポレオンのクーデターに反対する抵抗運動を組織。 12・11、ブリュッセルに脱出。	12・2、ルイ＝ナポレオンのクーデター。 12・4、サン＝タルノーらによる反クーデター派の弾圧、虐殺。 12・21、人民投票でルイ＝ナポレオンのクーデターは支持される。
五二	50	7・31、ブリュッセルを去り、ロンドンに向かう。 8・5、ジャージー島に着く。『小ナポレオン』、ブリュッセルで出版。 8・16、マリーヌ＝テラスに居を定める。	フランス新憲法制定。ルイ＝ナポレオンが皇帝となり、第二帝政（～七〇）始まる（12月）。 ゴーチエ『螺鈿七宝集《らでんしっぽう》』
五三	51	9・6、旧知のジラルダン夫人がジャージー島を訪問。ユゴー一家は交霊術に熱中するようになる。 11・21、『懲罰詩集』出版。	オースマン、セーヌ県知事となり、パリ市街の整備に着手。 クリミア戦争（～五六）。

一八五四	52	この年以後、交霊術の影響のもとに、後の『静観詩集』に収められる詩編や未完の叙事詩『サタンの終わり』や『神』など、宗教的・神秘主義的な傾向の詩作に没頭。	ネルヴァル『火の娘たち』
五五	53	10・27、ジャージー島の立ち退きを命じられ、10・31、ガーンジー島に移る。	パリ万国博覧会。
五六	54	4・23、『静観詩集』出版。 5・16、広大な邸宅オートヴィル－ハウスを買う。	
五八	56	1月、次女のアデール、憂鬱症にかかり、これに乗じて、ユゴー夫人、以後娘を連れてパリやロンドンに小旅行をするようになる。	日米修好通商条約締結。 安政の大獄。
五九	57	8月、ナポレオン三世の出した特赦令による帰国を拒否。 9・26、詩集『諸世紀の伝説』第一集出版。	ダーウィン『種の起原』
六〇	58	4・25、12年ぶりで『レ・ミゼラブル』の初稿をトランクから取り出し、翌日から仕上げにかかる。	北京条約。 桜田門外の変。
六二	60	3・30～6・30、小説『レ・ミゼラブル』をパリとブリュッセルで出版。	ルコント＝ド＝リール『夷狄《いてき》詩集』(決定版七二)
六三	61	6・18、次女アデール、ピンソン中尉を追ってガーンジー島を抜けだし、ロンドンからカナダに渡る。	リンカーンの奴隷解放宣言。

一八六四	62	4・14、評論『ウィリアム・シェイクスピア』出版。	第一次インターナショナル結成(〜七六)。
六五	63	1・18、ユゴー夫人と二人の息子は島を出てブリュッセルに居を定める。 10・17、次男シャルル、ブリュッセルでアリス＝ルエーヌと結婚。 10・25、詩集『街《まち》と森の歌』出版。	リンカーン、暗殺される。 クロード＝ベルナール『実験医学序説』
六六	64	3・12、小説『海に働く人びと』出版。	
六七	65	3・31、シャルルの長男ジョルジュ、ブリュッセルで生まれる(翌年4・14、死亡)。 6・20、『エルナニ』、コメディー＝フランセーズで再演され、大好評。	大政奉還。 マルクス『資本論』(〜九四)
六八	66	8・16、シャルルの次男生まれる。やはりジョルジュと命名。 8・27、ユゴー夫人、ブリュッセルで死去。	ロートレアモン『マルドロールの歌』(〜六九)
六九	67	4〜5月、小説『笑う男』出版。 5・3、ヴィクトルの息子などにより、パリで反政府的新聞《ラペル》創刊される。 9・29、シャルルの長女ジャンヌ、ブリュッセルで生まれる。	スエズ運河開通。 A・ドーデ『風車小屋だより』 フロベール『感情教育』 ボードレール『パリの憂鬱』
七〇	68	8・17、ガーンジー島をたち、ブリュッセルに着く。	普仏戦争(〜七一)。

		9・5、パリに到着。 10・20、『懲罰詩集』のはじめてのフランス版が出版され、大好評。	9・2、スダンの敗北。ナポレオン三世捕虜となる。 9・4、パリで共和政宣言（第二帝政廃止）。国防政府樹立。
一八七一	69	2・8、国民議会パリ選出議員に当選。 2・12、国民議会、ボルドーに移り、彼も翌日ボルドーに赴く。 3・8、国民議会の提案に反対して議員を辞職。 3・13、ボルドーで次男シャルル急死。 3・18、パリ－コミューンの騒擾のさなかでシャルルの遺体埋葬される。 3・21、ブリュッセルに向かう。 5・25、パリ－コミューンの亡命者をかくまうという決意を表明。そのため、ベルギーから追放され、ルクセンブルクに移り住む。 9・25、パリに帰る。	1・18、ドイツ帝国建設。 1・28、ヴェルサイユ休戦条約締結。 3・18～5・28、パリ－コミューン。 ランボー『酔いどれ船』（出版、八三） ゾラ〈ルーゴン－マッカール双書〉（～九三）
七二	70	2月、次女アデール発狂してカナダから送りかえされ、精神病院に入院（一九一五年死去）。 4・20、詩集『おそるべき年』出版。 8・7、ガーンジー島へ出発。	三帝会談（ドイツ・オーストリア・ロシア）。

一八七三	71	7・31、パリにもどる。 12・26、三男フランソワ－ヴィクトル死去。	ナポレオン三世死去。 マック－マオン、大統領となる。
七四	72	2・19、小説『九十三年』出版。	ヴェルレーヌ『ことばなき恋歌』
七五	73	5月、『言行録』出版（～七六）。	フランス第三共和国憲法制定。
七七	75	2・26、詩集『諸世紀の伝説』第二集出版。 5・14、詩集『よいおじいちゃんぶり』出版。 10・1、『ある犯罪の物語』出版（～七八）。	マック－マオン大統領、下院を解散。 総選挙で共和派の勝利。 ゾラ『居酒屋』
七八	76	4・29、詩『教皇』出版。 11・10、パリ、エーロー通り一三〇番地に最後の居を定める。	ファーブル『昆虫記』（～一九〇七）
七九	77	2・28、詩『至高の憐憫』出版。	イプセン『人形の家』
八〇	78	4月、詩『既成宗教と真の宗教』出版。 10・24、詩『ロバ』出版。	ゾラ『ナナ』
八一	79	2・27、パリ市民、ヴィクトルの長寿を盛大に祝う。 5・31、詩『精神の四方の風』出版。	
八二	80	5・26、劇『トルケマダ』出版。	
八三	81	5・11、ジュリエット＝ドルーエ死去。 6・9、詩集『諸世紀の伝説』第三集出版。	モーパッサン『女の一生』
八五	83	5・22、午後一時二七分、孫たちにみとられて死去。 6・1、国葬。	ゾラ『ジェルミナル』 モーパッサン『ベラミ』

一八八六		劇作集『自由な劇』、叙事詩『サタンの終わり』出版。
八七		随想集『見聞録』第一集出版。
八八		詩集『竪琴《たてごと》の音《ね》をつくして』第一集出版。
八九		劇『双子』出版。
九〇		紀行『アルプスとピレネー』出版。
九一		叙事詩『神』出版。
九二		紀行『フランスとベルギー』出版。
九三		詩集『竪琴の音をつくして』第二集出版。
九八		詩集『不幸な年月』出版。
九九		随想集『見聞録』第二集出版。
一九〇一		随想集『わが生活の追伸』出版。
〇二		詩集『最後の詩の束』出版。
四二		詩集『大洋』、雑記『小石の山』出版。

参考文献

●ユゴーの作品

『氷島奇談』(〈世界の文学〉七)　島田尚一訳 ―――― 中央公論社　昭39

――これは『アイスランドのハン』の翻訳である

『《クロムウェル》序文』(『ロマン主義文学論』所収)　西節夫訳 ―――― 学芸書林　昭47

『東方詩集』(潮文庫)　辻昶訳 ―――― 潮出版社　昭46

『死刑囚最後の日』(潮文庫)　斉藤正直訳 ―――― 潮出版社　昭48

――これには『クロード・グー』の翻訳も収録されている

『エルナニ』(中公文庫)　杉山正樹訳 ―――― 中央公論社　昭53

『ノートル＝ダム・ド・パリ』(〈世界文学全集〉三九)　辻昶・松下和則訳 ―――― 講談社　昭50

『美男ペコパンと悪魔』　井上裕子訳 ―――― 草思社　昭55

――これは紀行『ライン河』に収められた「美男ペコパンと美女ボールドゥールの伝説」の翻訳である。

『レ・ミゼラブル』(講談社文庫)　辻昶訳 ―――― 講談社　昭50〜51

『海に働く人びと』(潮文庫)　山口三夫・篠原義近訳 ―――― 潮出版社　昭53

『九十三年』(岩波文庫)　辻昶訳 ―――― 岩波書店　昭29〜39

『世界名詩集大成2(フランス篇I)』(『秋の木の葉』『薄明の歌』『光と影』などの抄訳)

●ユゴーの伝記、研究書など

『ユゴー』（十二文豪第九巻）　井上究一郎・松下和則・辻昶など訳　――平凡社　昭35
人見一太郎著　――民友社　明28
『ヴィクトル・ユゴーの生涯』　辻昶著　――潮出版社　昭54
『ヴィクトール・ユゴーの生涯』　アンドレ＝モロワ著　辻昶・横山正二訳　――新潮社　昭44
『ヴィクトール・ユゴー』（カラー版〈世界の文豪叢書〉）　エンツォ＝オルランディ編　金柿宏典訳　――評論社　昭51
『ヴィクトル・ユゴー』（〈世界を創った人びと〉二四）　チェザーレ＝ジャルディーニ著　赤井彰編訳　――平凡社　昭55

●関連する参考文献

『フランス・ロマン主義と人間像』　篠田浩一郎著　――未来社　昭40
『フランス政治史』　中木康夫著　――未来社　昭50～51
『フランス・ブルジョア社会の成立』　河野健二編　――岩波書店　昭52
『フランスロマン主義』（文庫クセジュ）　フィリップ＝ヴァン＝ティーゲム著　辻昶訳　――白水社　昭29
『青春の回想』（冨山房百科文庫）　テオフィル＝ゴーチエ著　渡辺一夫訳　――冨山房　昭52
――これは『ロマン主義の歴史』の翻訳である

さくいん

【人名】

＊は作中人物

【書名】

【事　項】

ヴィクトル＝ユゴー■人と思想68　　定価はカバーに表示

1981年10月15日　第1刷発行©
2014年9月10日　新装版第1刷発行©

・著　者 …………………………辻《つじ》　昶《とおる》／丸岡《まるおか》　高弘《たかひろ》
・発行者 ………………………………渡部　哲治
・印刷所 ……………………法規書籍印刷株式会社
・発行所 ………………………株式会社　清水書院

〒102-0072　東京都千代田区飯田橋3-11-6
Tel・03(5213)7151〜7
振替口座・00130-3-5283
http://www.shimizushoin.co.jp

検印省略
落丁本・乱丁本は
おとりかえします。

CenturyBooks

Printed in Japan
ISBN978-4-389-42068-0

CenturyBooks

清水書院の〝センチュリーブックス〟発刊のことば

近年の科学技術の発達は、まことに目覚ましいものがあります。月世界への旅行も、近い将来のこととして、夢ではなくなりました。しかし、一方、人間性は疎外され、文化も、商品化されようとしていることも、否定できません。

いま、人間性の回復をはかり、先人の遺した偉大な文化を継承して、高貴な精神の城を守り、明日への創造に資することは、今世紀に生きる私たちの、重大な責務であると信じます。

私たちがここに、「センチュリーブックス」を刊行いたしますのは、人間形成期にある学生・生徒の諸君、職場にある若い世代に精神の糧を提供し、この責任の一端を果たしたいためであります。

ここに読者諸氏の豊かな人間性を讃えつつご愛読を願います。

一九六六年

清水槙二

SHIMIZU SHOIN